ビーズログ文庫アリス

A3!
もう一度、ここから。

トム
原作・監修／リベル・エンタテインメント

イラスト／冨士原良

CONTENTS

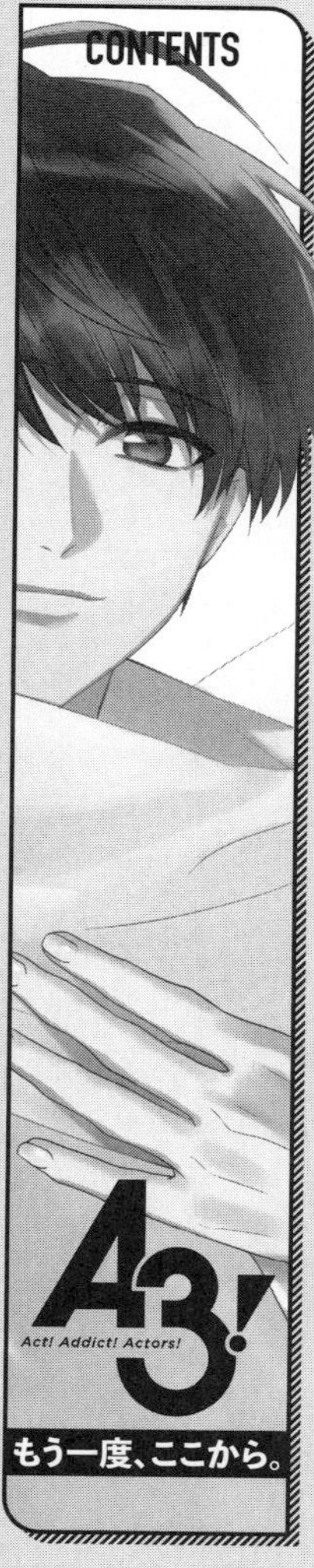
A3!
Act! Addict! Actors!
もう一度、ここから。

序章　冬組オーディション

数多《あまた》の劇場が並び立つ演劇の聖地、ビロードウェイ。その片隅《かたすみ》に、MANKAIカンパニーの専属劇場はひっそりと建っていた。

休日で賑《にぎ》わう通りの様子とは対照的に、公演のない劇場は静まり返っている。締《し》め切《き》られた入口の扉《とびら》には『オーディション会場』と書かれた紙が貼《は》り出されていた。

「……いよいよ最後の冬組《ふゆぐみ》が決まるわけか」

秋組《あきぐみ》の団員である古市左京《ふるいちさきょう》が、舞台《ぶたい》の中央に並べられた五つの椅子《いす》を客席から見上げると、総監督《そうかんとく》の立花《たちばな》いづみもうなずいた。

「感慨深《かんがいぶか》いですね」

新生MANKAIカンパニーの発足時《ほっそくじ》を知る二人にとって、春《はる》、夏《なつ》、秋組と団員を揃《そろ》え、旗揚《はたあ》げ公演を成功させた上で迎《むか》えるこの冬組オーディションは、今までと少し違《ちが》ったものがある。

「俺らの時は定員ギリだったけど、いつもあんなもんなのか？」

秋組リーダーの摂津万里《せっつばんり》が、いづみを振り返る。

「うん。スカウト枠《わく》で二人くらい声をかける以外は、いつも二、三人しか来ないから」

「今回のスカウト枠は？」

前回の秋組オーディションにスカウト枠で参加した伏見臣《ふしみおみ》が問いかけると、いづみが表情を曇《くも》らせた。

「うーん、それが、思いつく人がいなくて。人数が集まるかちょっと不安なんだけど……」

「春組からの公演で固定ファンもついたことだし、知名度もアップしてるから大丈夫《だいじょうぶ》じゃないか」

「そうかな？」

「オーディション告知のチラシもはけたし、大丈夫ッスよ！」

「そうだよね！」

臣のフォローに七尾太一《ななおたいち》が力強く続くと、いづみがぱっと顔を明るくした。

その時、劇場の扉が静かに開かれた。

「失礼します」

二十代半ばと思われる物静かな雰囲気《ふんいき》の青年に続いて、年齢《ねんれい》も性別もあいまいな長髪《ちょうはつ》の男が入ってくる。

「失礼するよ」

「来た……！」

二人の姿を認めたいづみが、座《すわ》っていた椅子からがたりと音を立てて立ち上がる。

「おい、オーディション参加希望者か？」

受付として置かれた長テーブルの前に座っていた兵頭《ひょうどう》十座《じゅうざ》が、鋭《するど》すぎる眼光で訪問者たちを見据《みす》える。

「――う、うん」

十座の視線に気圧《けお》されたように、物静かそうな青年が戸惑《とまど》いがちにうなずく。

普通《ふつう》にしていても目つきが悪くケンカを売っていると誤解されがちな十座のまなざしは、受付という大役を任された緊張《きんちょう》によって、今や暗殺者並みの凶悪《きょうあく》さだった。

「てめぇが受付にいたら、せっかくの希望者が帰っちまうだろ」

あきれたように揶揄《やゆ》する万里も、その気だるげな口調とガラの悪い態度はヤンキーそのもので十座と大差ない。

「てめぇに言われたくねぇ」

十座が鼻を鳴らすと、左京が黒のコートの裾《すそ》をひるがえして、一歩前に出る。

「二人とも下がってろ。俺が出る」

物騒《ぶっそう》な交渉《こうしょう》に挑《いど》むかのように、眼鏡《めがね》の奥《おく》の目を光らせる左京は、誰《だれ》が見てもヤクザにしか見えない。

「いや、左京にぃも下がっててほしいッス！」

太一がすかさず突《つ》っ込《こ》むと、長髪の男が口元に笑《え》みをたたえながらわずかに首をかしげた。

「それで、ボクたちはどうすればいいのかな」

ガラの悪い秋組メンバーに臆《おく》した様子もなく、ゆったりと辺りを見回すその姿を見て、万里が目をすがめた。

「あれ？　あんた、たしか前に……」

「ああ、覚えてててくれたんだね」

男がにっこりと微笑《ほほえ》むと、十座も何かを思い出したかのようにわずかに目を見開いた。

以前、ビロードウェイで万里と十座がたちの悪い連中に絡《から》まれた時、機転を利《き》かせて助けてくれたのがこの男だった。

「あの時はあざっした」

「どういたしまして」

律儀《りちぎ》に頭を下げる十座を、男は優《やさ》しいまなざしで見つめる。

そんなやり取りを見ていたいづみが、不思議そうに首をかしげた。

「二人の知り合い？」

「前にちっと助けてもらって」

「そうなんだ」

万里の端的《たんてき》な説明に、いづみが素直《すなお》に納得《なっとく》していると、男が口を開いた。

「千秋楽《せんしゅうらく》を観《み》たら、この劇団に興味がわいてね。オーディションを受けてみようかと」

「今まで、演劇の経験はありますか？」

「まったくないよ」

いづみが問いかけると、男はゆるく首を横に振《ふ》る。

「劇団に入ると、仕事と稽古《けいこ》の両立ということになりますけど、その辺りは大丈夫ですか？」

「残業が頻繁《ひんぱん》にあったり、休日勤務があると厳しいかもしれねぇな」

いづみの質問に左京が続ける。

実際にヤクザとして仕事と劇団の活動を両立させている左京だからこその言葉だった。

「その点は問題ないよ。今は休職中だから」

休職中、という言葉を聞いて、いづみが改めて男の姿をじっと見つめる。

（たしかに、サラリーマンっていう雰囲気じゃないな。やたら肌《はだ》がキレイで、年齢不詳《ふしょう》っていうかうっかりすると性別も不詳だ）

長い艶《あで》やかな髪《かみ》を後ろで一つに縛《しば》っている髪型《かみがた》は、普通の会社員というイメージからはかけ離《はな》れている。落ち着いた物腰《ものごし》や声は人生経験の豊かさを感じさせるものの、キメの細かい白い肌からは年齢が見えてこない。襟《えり》ぐりの開いたカットソーに細身のチノパンとカジュアルな服装だが、どこか品が良く、収入がなくて経済的に逼迫《ひっぱく》しているという風にも見えなかった。

　口元には常に笑みを浮《う》かべ、斜《なな》めに流した長い前髪《まえがみ》から覗《のぞ》く瞳《ひとみ》はわずかに潤《うる》んでいて、妙《みょう》に色気のある雰囲気を醸《かも》し出しているのが、性別不詳の一因ともいえた。

「前はどんなお仕事をされてたんですか？」

　いづみがたずねると、男の瞳にいたずらっぽい光が浮かんだ。

「町の添《そ》い寝屋《ねや》さんをしていました」

「添い寝屋!?」

　予想外の男の答えを聞いて、いづみが声をあげる。

「あー、それって、夜のオシゴト的な？」

「お、大人ッス！」

　万里が言葉を濁《にご》しながらも突っ込んでたずねれば、太一はほのかに顔を赤らめる。

「いや、もしかしたら店名なんじゃないか？　添い寝屋っていう名前のカフェとか」

「逆に怪《あや》しすぎるだろ」

　臣が考え込むように顎《あご》を撫《な》でると、左京が軽く突っ込んだ。

　男は様々な反応を示す面々を眺《なが》めて、いたずらが成功したかのような笑みを漏《も》らした。

「みんなが想像してるようなふらちなことはまったくしてないよ。一緒《いっしょ》に添い寝して、その人の悩《なや》みとか不安とかを聞いてあげるだけの健全なお仕事」

「は、はあ、なるほど……」

いづみは複雑な表情で相槌《あいづち》を打つ。

（健全……なのかな!? でも、カウンセラーとかそういう雰囲気はあるかも）

いづみが心の中で自問自答していると、十座は納得したように口を開いた。

「だから金持ちそうな女と歩いてたのか」

「ああ、そうそう。あの時は仕事中だったんだ」

以前会った時のことを指す十座に、男がうなずく。

「で、そっちのアンタは？　経験者なんすか？」

万里が、ずっと黙《だま》って会話を聞いていたもう一人の訪問者に水を向ける。

「え？　俺？」

青年は虚《きよ》をつかれたように、瞬《まばた》きを繰《く》り返した。

「今まで演劇について勉強していたことはありますか？」

いづみが改めて丁寧《ていねい》にたずねると、青年はためらいがちに口を開いた。

「ええ、まあ、経験者といえば経験者ですけど……こういう劇団に入っていたことはありません。アマチュアレベルの学生演劇ですし、しばらくブランクがあるから未経験者と同じ扱《あつか》いで構いません」

謙遜《けんそん》するように、青年が答える。

（ずいぶん謙虚《けんきょ》っていうか、控《ひか》えめな人だな。実際どのくらいのレベルなのか、見てみないとわからないか）

いづみは青年の力量を見極《みきわ》めるように、じっと見つめた。

自らを元添い寝屋と話した男に比べると、ごくごく普通の青年だ。

ボーダーのカットソーの上にコートを羽織った服装はベーシックながらも清潔感があり、どこか育ちの良さを感じさせる。厚く長めの前髪に、優しげなまなざしが印象的で、穏《おだ》やかな笑みを浮かべた表情も雰囲気も柔《やわ》らかく、人に警戒心《けいかいしん》を抱《いだ》かせなかった。

「それじゃあ、早速《さっそく》ですが、お二人には簡単な課題をしてもらいたいと思います！　軽い自己紹介《しょうかい》の後、このスマホを使って一人芝居《ひとりしばい》をしてみてください」

いづみはスマホを取り出しながら説明すると、二人の顔を見比べた。

「まずは――元添い寝屋さんからお願いします！」

いづみが勢いよくスマホを差し出すと、男が小さく笑い声を漏らす。

「ふふっ、元添い寝屋さんか。雪白東《ゆきしろあずま》だよ。自己紹介っていうのも難しいね」

東は少し考えるように頬《ほお》に手を当てて、先を続けた。

「今までまったく演劇経験はないけど、職業柄色んな人と会うことが多かったから、人間観察は得意かもしれない」

東の自己分析《ぶんせき》を聞いて、いづみが感心したようにうなずく。

「なるほど。演技する上では役に立つ長所ですね。それじゃあ、課題をお願いします」

「んー、スマホを使って一人芝居か……」

東は手渡されたスマホをじっと見下ろしてしばらく考えた後、ゆっくりと耳に当てた。

『……もしもし？　ボク』

電話口に話しかける東の演技を、いづみがじっと見つめる。

（電話での一人芝居を選んだんだ。オーソドックスだし、一番やりやすいよね）

『最近連絡してなかったからさ、どうしてるかと思って』

東はそこで言葉を切ると、相手の話に相槌を打つようにうなずいた。

『うん……うん、そうだね』

『大丈夫……ちゃんとやってるよ』

相手から気遣《きづか》いの言葉をかけられたようにわずかに微笑む。

『うん……うん、わかった……それじゃあ、また』

東はスマホを下ろすと、いづみの方を向いた。

「こんな感じでいいかな？」

「はい！　ありがとうございます」

いづみが笑顔《えがお》で答える。

（未経験者とはいえ、芝居《しばい》に対する勘《かん》は良さそう）

電話口の相手の言葉を連想させた点から、いづみはそんな印象を抱いた。

（何より雰囲気が独特で、舞台に立ってるだけで世界観を作り出せるのは貴重な才能だ。今までにいなかったタイプの役者さんで、期待大だな……！）

他の団員が真似《まね》できない空気感をもった東をそう評価すると、にっこりと微笑んだ。

「それじゃあ、次の方お願いします！」

「……はい」

いづみに指名された青年は、小さくうなずくと、静かに椅子から立ち上がった。

「……月岡紬《つきおかつむぎ》と申します。よろしくお願いします」

簡潔に名前だけ告げて頭を下げる。

（自己紹介も大人しい……）

いづみがそう考えていると、紬は手に持ったスマホをじっと見下ろした。

さっきの東とは違い、どう芝居をするか考え込んでいるという様子でもなく、ただスマホの画面を見つめて、そのまま動こうとしない。

「おい、どうしたんだ？」

いぶかしげに十座がつぶやくと、万里も斜めに首をかしげる。

「課題難しんじゃね」

た。


「……黙ってろ」

左京が短く叱責《しっせき》すると、その場に再び静寂《せいじゃく》が戻った。

紬はざわめきを気にした様子もなく、スマホの画面を軽くなぞると、ポケットにしまっ
それから顔を上げ、空《くう》を見つめて小さくため息をつく。

(違う。スマホで時間を確認したんだ)

いづみがそう思い至った時、紬が辺りを見回す。

いづみは一連の紬の芝居の意味に気づいて、はっとした表情を浮かべた。

(そうか、待ち合わせしてるんだ……！)

紬は再び手持ち無沙汰《ぶさた》な様子でスマホを取り出すと、何も映っていない真っ黒な画面で
スワイプやフリックを繰り返す。その手つきは、まるで本当にそこにキーボードが映し出
されているかのように正確だ。

(スマホでメッセージを送って……)

最後に軽く画面をタッチすると、そのままじっと画面を見つめる。

またしばらく、舞台の上に沈黙《ちんもく》が流れた。

けれど、さっきとは違い誰もその静寂に不自然さは感じていない。いつの間にか、その
場にいた全員が息をひそめて紬の芝居を見守っていた。

まるでバイブレーションが鳴ったかのように、ぴくりと紬のスマホを持つ手が震《ふる》えた。

と同時に、わずかにその目が見開かれる。

「……え？」

かすかな声を漏らした後、動揺《どうよう》した様子で視線をわずかにさまよわせた。

直後、足早にその場から去っていく。待ち合わせ相手に何があったのだろうと、見ている者の関心を誘《さそ》う。

そのまま舞台の端《はし》まで行くと、紬はぴたりと足を止めていづみの方へ向き直った。

「……以上です」

紬が小さく頭を下げる。

その言葉で、紬以外の全員が夢から覚めたかのような表情を浮かべた。

「――すごいッス！」

「最初は何をしてるのかと思ったけど、待ち合わせしてたのか」

両手を握《にぎ》り締《し》めて称賛《しょうさん》する太一に続いて、臣も感心したような声を漏らす。

「全然セリフなしであれだけ表現できんだな」

「やるな……」

万里も十座も素直に紬の芝居を認めた。

（すごい即《そく》戦力だ……！　基礎《きそ》は完璧《かんぺき》だし、繊細《せんさい》な演技は円熟してる。今すぐにでも舞台

に立てるレベルだ)

いづみは紬の逸材《いつざい》ぶりに興奮して、両手を握《にぎ》り締《し》めた。

「……何が未経験者扱いだ」

揶揄するような左京のつぶやきを聞いて、いづみも思わず考え込む。

(たしかに、あれだけできて、あんなに自信がなさそうなのって、どうしてだろう。そういう性格? それとも、何か理由があるのかな……)

セリフを一切《いっさい》必要とせずに間をもたせる紬の演技力は、一般的《いっぱんてき》な学生演劇のレベルを超《こ》えている。繊細な動きは、一朝一夕《いっちょういっせき》で身につくものではない。

紬の態度の理由に思いを巡《めぐ》らせていたいづみに、東が声をかけた。

「結果はいつ知らせてもらえるのかな」

「あ、お二人とも合格です!」

慌《あわ》てていづみがそう告げると、東と紬が同時に呆気《あっけ》にとられた表情になった。

「え?」

「おや。ずいぶんあっさり決まるんだね」

まさか、という色を含《ふく》んだ声を漏らした紬に対して、東は拍子《ひょうし》抜《ぬ》けしたような様子だ。

「入団おめっす」

「っす」

万里の祝福の言葉に、十座が短く続く。

「よろしくッス！」

「よろしくお願いします」

太一と臣も笑顔で歓迎《かんげい》した。

「これから、ＭＡＮＫＡＩカンパニーの一員としてがんばりましょう！」

「……はい」

「こちらこそよろしく」

いづみが笑いかけると、紬は一瞬《いっしゅん》複雑な表情を浮かべた後、気を引《ひ》き締《し》めるようにうなずき、東は優雅《ゆうが》に微笑み返した。

（タイプの違う役者がそろったし、冬組の公演はどんな感じになるか今から楽しみだな！）

いづみは新入団員二人を見つめ、満足げにうなずいた。

「……で、二人集まったわけだが、残り三人はどうすんだ」

「え!?」

冷や水を浴びせかけるような左京の言葉に、いづみがびくりと体を震わせる。

冬組の団員が最低五人は揃わなければ、旗揚げ公演の成功はもとより、ＭＡＮＫＡＩカンパニーの存続自体が危《あや》ぶまれる。

劇団が抱《かか》える借金の債権者《さいけんしゃ》である左京が、劇団存続のために突き付けた条件は春夏秋冬、すべての組の旗揚げ公演の成功だった。左京が秋組団員となった今も、その条件は変わっていない。残す一つの条件が満たせなければ、劇団は解体されてしまう。

プレッシャーをかけるように、左京が眼鏡の奥の目を光らせると、いづみが視線をさまよわせる。

「え、ええと……もう少し待ってみましょう！」

しかし、それから十分経《た》っても二十分経っても、客席の扉が開くことはなかった。

（こ、来ない……）

いづみが左京からの無言の圧力に耐《た》えかねた時、いづみの心中《しんちゅう》を代弁するように十座が口を開いた。

「来ねぇな」

「知名度どうした」

「うーん、五人くらいすぐに集まるかと思ったけど、なかなか難しいな」

万里の揶揄するような言葉に、臣が苦笑いを浮かべる。

「あんなにいっぱいチラシ配ったのに、おかしいッス！」

「ま、こんなもんだろ」

納得いかない様子の太一に、左京があっさりと言い放った。

（ど、どうしよう。このままじゃ冬組は二人……!?）

「春組の時みたいに集めてきたらどうだ」

いづみが焦《あせ》りの表情を浮かべると、左京は客席の扉の方へと顎をしゃくった。

「あ!!　そうか！」

「春組の時？」

事情のわからない万里が聞き返す。

「ストリートACTで興味をもってくれた人に声をかけたの」

春組の団員は、最初から劇団に所属していた佐久間咲也《さくまさくや》以外、全員オーディションではなく道端《みちばた》でのスカウトで集められた。

「へー、それ、いいんじゃね」

万里が興味をひかれたように返事をすると、いづみが紬と東に向き直った。

「早速で悪いんですけど、紬さん、東さん、協力してもらえますか？」

「え……俺で役に立てるならいいんですが……」

「ボクもやったことないけど、それでよければ」

自信なげに紬がうなずくと、東は気後《きおく》れすることもなく了承《りょうしょう》する。

「っし、行くか」

「おう」

万里が軽い調子で扉に向かって歩きだすと、十座もそれに続く。

「一本《いっぽん》釣《づ》りッス！」

太一もガッツポーズを作りながら万里たちに並んだ。

「みんなも来てくれるの？」

あくまでも秋組メンバーはオーディションの手伝いまでで、メンバー集めまで手伝ってもらえるとは、いづみも思っていなかった。意外そうに問いかけると、臣があっさりとうなずく。

「もちろん」

「ほら、さっさと行くぞ」

左京が軽くいづみの背中を叩《たた》くと、いづみは元気よく返事をして、前を行く万里たちを追った。

第1章 流浪の役者

　街中でゲリラ的にエチュードを行うストリートACTは、ビロードウェイで連日盛《さか》んに行われている。劇団員が投げ銭を生活費の足しにするのと同時に、劇団や公演の宣伝も兼《か》ねているためレベルの高い内容も多く、それを目的でビロードウェイを訪《おとず》れる者も多かった。

　今日もあちらこちらで行われているストリートACTの間を縫《ぬ》って、いづみたちも通りの一角に陣取《じんど》った。

『待ちな！』

　口火を切ったのは十座《じゆうざ》だった。鋭《するど》い目つきで紬《つむぎ》を睨《にら》みつける。

　呼び止められた紬は、怯《おび》えるでもなく静かにその視線を受け止めた。

『てめぇ、立花組《たちばなぐみ》のモンだろ』

　万里《ばんり》がポケットに手を突《つ》っ込《こ》んだまま十座に並び、ドスを利《き》かせる。

『どの面《つら》さげて、うちのシマ歩いてんだゴラ』

　万里と十座がメンチを切りながら紬に迫《せま》っていく様子は、チンピラそのものだ。

不器用で臨機応変さに欠ける十座にとって、ストリートACTは苦手な分野だったが、自らの容姿や言動を生かした内容であれば、難なくこなせるようになっていた。

「おい、あれ……」

「やべえ、ヤクザの抗争《こうそう》かよ？」

通行人がささやき合いながら、遠巻きにしていく。

（なんでもいいとは言ったけど、このメンバーでこのネタはシャレにならない……）

人が集まるどころか、避《さ》けられているのを見て、いづみが顔を引きつらせると、すかさず太一《たいち》がチラシを配り始めた。

「MANKAIカンパニーッスー。チラシどうぞー」

笑顔《えがお》で配り歩く太一を見て、通行人たちが足を止め始める。

「なんだ、ストリートACTか」

「リアルすぎだろ」

（注目は集めてるから、まあ、いいのかな……？）

まだ警戒《けいかい》した様子ながらも、ちらほらと足を止めてくれる人が出てくると、いづみはほっと胸を撫《な》で下《お》ろした。

『人違《ひとちが》いじゃないか』

穏《おだ》やかな笑《え》みを浮《う》かべて、紬がそっと視線を落とす。大人しい芝居《しばい》ながらも、チンピラ相手にまったく動じない様子は、見ている者に違和感《いわかん》という形で紬を印象付ける。

『しらばっくれてんじゃねぇぞ。面《めん》割れてんだよ』

十座が凄《すご》むと、紬はああ、と白々《しらじら》しく声を漏《も》らす。

『そういえば、摂津《せっつ》ってガラの悪い若頭《わかがしら》がいたっけ。今、思い出したよ』

口元を歪《ゆが》め、嘲《あざけ》るように告げる紬は、さっきまでの自信なげな様子はみじんも感じられない。

（こういうネタでもそつなくこなしてる。やっぱり紬さんは実力があるな）

いづみは内心感嘆《かんたん》しながら、芝居を見守った。

『てめぇも仲間か』

十座が脇《わき》で静かにたたずんでいた東《あずま》に視線を投げる。

『ボクは……』

突然《とつぜん》舞台《ぶたい》の上にあげられた東はうろたえることもなく、その場の情勢を見極《みきわ》めるように頬《ほお》に指を当てて言葉を切る。

『やめろ。その人は関係ない』

紬が短く告げると、十座は舌打ちをして東から視線をそらした。

『ちっ、ジャマだ。どいてろ』

『――待て、こいつ立花の懐刀《ふところがたな》の東だ』

東をじっと見つめていた万里が、目をすがめる。

『何？』

東を見る十座の顔色がさっと変わった。

『……やれやれ』

東は万里の指摘《してき》を否定することなく、軽く肩《かた》をすくめた。その様子を見て、十座が眉根《まゆね》を寄せて凄む。

『おい、アンタ。知らねぇふりして通り過ぎようとは、ちっと卑怯《ひきょう》すぎんじゃねぇのか？』

『仲間見捨てて、逃《に》げようとするなんざ、ケツの穴が小さすぎて詰《つ》まるぞコラ！』

十座に続いて万里が東に詰め寄《つよ》った時、観客の中から感心するようなため息が漏れた。

「ほう……」

いづみがため息が聞こえた方を振り返ると、やけに印象的な男が立っていた。

「『ケツの穴が小さすぎて詰まる』か、実にいいフレーズだ。今までワタシのボキャブラリーにはなかった。荒削《あらけず》りだが、野性味があって、実にいい」

男は顎《あご》に指を当て、ぶつぶつとつぶやいている。

右側サイドだけ長く伸《の》ばしたアシンメトリーな髪型《かみがた》に、神秘的な瞳《ひとみ》がじっと十座たちを見据《みす》えていた。

百八十センチを超《こ》えるすらりとした長身に、仕立てのいい千鳥格子柄《ちどりごうしがら》のシャツとベストにネクタイを締《し》め、長めのジャケットを羽織っている。かっちりとした印象ながらパンツはカジュアルなもので、髪型は元より、シャツやベストの柄や色から遊び心が感じられる出《い》で立《た》ちだ。

年齢《ねんれい》は二十代後半といったところだが、その外見からはどんな職業の人間なのか、さっぱりわからなかった。

(何だろう、この人……)

いづみは相変わらず真剣《しんけん》な表情でぶつぶつとつぶやいている男に、ためらいがちに声をかけた。

「……あの、演劇に興味が?」

「む?　ワタシか?　芸術に関することなら、なんでも興味はある」

大仰《おおぎょう》にうなずいてみせる男に、いづみが団員募集《ぼしゅう》のチラシを差し出す。

「良かったら、このチラシ、どうぞ。うちの劇団、今団員募集中なんです」

「MANKAIカンパニーか……。そういえば、演劇は未経験だったな」

男はチラシにさっと目を通すと、ふむ、と小さくうなずいた。

そして、口《くち》の端《は》を吊《つ》り上《あ》げて微笑《ほほえ》む。

「……よし、入団しよう」

「え!?　本当ですか!?」

いづみが驚《おどろ》きのあまり声をあげると、男が自らの胸に手を当てる。

「ああ。ワタシの名前は有栖川誉《ありすがわほまれ》。よろしく頼《たの》むよ」

どこか芝居がかった仕草で誉がお辞儀《じぎ》をすると、いづみの顔がぱっと輝《かがや》いた。

「一人新入団員ゲットしたよ！」

「え？」

「早いな」

意外そうな顔で紬と十座が芝居を止めて、いづみの方へ寄ってくる。

「学生、じゃないっすよね。何してる人？」

万里が誉を見つめながら、軽い調子でたずねた。

「詩人だ」

「詩人⁉」

予想外すぎる返答を聞いて、いづみが素《す》っ頓狂《とんきょう》な声を漏らす。

「えーっと、それゲームかなんかのジョブじゃなくて？」

「ゲームのジョブとはなんだ？　ワタシは正真正銘《しょうしんしょうめい》の詩人だよ」

万里が戸惑《とまど》いがちに聞き返すも、誉は大真面目に首をかしげる。

「俺、生まれて初めて職業が詩人って人見たな」

臣《おみ》が感心したようにつぶやく横で、左京《さきょう》が疑うように目を細めた。

「自称《じしょう》、か？」

「失礼だな。有栖川誉の名前で本も出版してるから、調べてくれても構わないよ」

自信満々にそう告げる誉は、どう見てもウソをついているようには見えない。

「すげー！　詩って、どんなの書いてるんスか？」

太一が目を輝かせてたずねると、誉は気を良くしたように微笑んだ。

「では、入団の記念にいくつか披露《ひろう》しよう。ゴホン……！」

軽く咳払《せきばら》いをしてから、すっと片手を持ち上げる。

「あふれるパッション、ほとばしるエモーション……ジュネーブのビオトープにシルブプレ……！」

情感たっぷりに身振《みぶ》り手振《てぶ》りを加えながら詩を諳《そら》んじるその姿は、さながらオペラ歌手のようだ。

「ああ、壮大《そうだい》なるブルーマウンテン、ワタシの心は揺《ゆ》れて揺られて転がり落ちるマンドリン……」

あまりの内容に、いづみたちは一様にどう反応したらいいかわからない複雑な表情で誉を見つめる。

「おい、どういう意味だ」

十座が声をひそめて、隣《となり》にいる万里を小突《こづ》く。

「知るか」

「お前なんでもできんだろうが。解説しろ」

「無茶言うな！」

誉は二人のささやき声がまったく耳に入っていないのか、恍惚《こうこつ》とした表情でしばらく空を見つめた後、ゆっくりとお辞儀をした。

「……と、まあ、こんな感じかな」

やり切った様子の誉に、まばらな拍手《はくしゅ》が贈《おく》られる。

「え、ええと……すごく、前衛的な詩ですね！」

「おい、本当にこいつを入れるのか」

無理やり感想をひねり出したいづみに、左京が半目で確認《かくにん》する。

「も、もちろんです！」

わずかなためらいはありつつも、いづみがはっきりとうなずくと、左京は小さくため息をついた。

「これからよろしく頼むよ」

「よろしくお願いします！」

左京の態度もまったく意に介《かい》さない様子で誉がにっこり笑うと、いづみも微笑み返した。

「……濃《こ》いな」

「特濃《とくのう》ッス！」

個性の強さを揶揄《やゆ》する万里のつぶやきに、太一が力強くうなずいた。

と、そこに一人の長身の男が通りかかった。

（あれ？　あの人たしか……）

男の姿を認めたいづみが既視《きし》感を覚えた瞬間《しゅんかん》、太一が声をあげる。

「あ、丞《たすく》サン！」

「七尾《ななお》……」

太一の声で振り返った男が、わずかに目を見開いた。

高遠《たかとお》丞は、太一がかつて所属していた劇団、GOD《ゴッド》座《ざ》のトップを務めていたこともあり、いづみたちとも何度か顔を合わせていた。

「元気そうだな」

太一がMANKAIカンパニーに所属した複雑ないきさつを知っているだけに、丞が言葉を選びながら声をかける。

「はいッス。無事にMANKAIカンパニーでやっていくことになって……」

「そうか。よかったな」

太一が屈託《くったく》のない笑顔を見せると、丞もようやく笑みを浮かべた。

と、丞の目が近くにいた紬を捕《と》らえて止まる。紬は、驚いたように目を見開いた丞の視線に気づくと、そっと目を伏《ふ》せた。途端《とたん》に丞が顔を顰《しか》め、まなざしが険を帯びる。

(紬さんをにらんでる……? もしかして、知り合いなのかな)

二人の間に会話は一切《いっさい》なかったものの、流れる空気にはあからさまに刺《とげ》があった。

「丞サン、GOD座やめたって本当ッスか?」

太一が丞と紬の微妙《びみょう》な空気に気づかない様子でたずねると、丞が我に返ったように表情を和《やわ》らげる。

「あ? ああ、今新しい劇団を探してるところだ」

丞は主宰《しゅさい》である神木坂《かみきざか》レニのやり方に反発して、GOD座を退団したばかりだった。

「丞サンならどんな劇団からも引く手数多《あまた》ッスよ!」

お世辞抜きで、太一が力強く断言する。

多くの団員を有するGOD座の頂点に立つには、才能や演技の技術だけではなく、スターとして自然と人目を引く華《はな》が必要となる。入団してから異例の速さでトップに指名された丞は、文字通り逸材《いつざい》だった。

百八十センチを優に超える長身にがっしりとした体躯《たいく》は、Tシャツとジーンズというシンプルな服装でも立っているだけで目立つ。短髪《たんぱつ》にきりりとした眉《まゆ》、鼻筋も通っていて、いかにも舞台映《ば》えする面立《おもだ》ちだ。

「そうだといいんだが。有名どころはオーディションすら受けさせてもらえない」

丞が表情を暗くすると、太一が目を丸くする。

「ええ!?　どうしてッスか？」

「客演なら出してやるが、正式所属はさせられないって。GOD座の圧力がかかってるみたいだな」

「そんな――！」

「さすが、やることが汚《きたね》ぇな」

以前、レニが太一をスパイとしてMANKAIカンパニーに潜《もぐ》り込《こ》ませたことを知る万里が、吐《は》き捨《す》てるようにつぶやいた。

「それなら、うちの劇団に入りませんか!?」

いづみが思わずといった様子で丞に迫ると、太一も名案とばかりに手を打つ。

「そうだ！　それがいいッスよ！」

「……正気か？　俺はGOD座にいたんだぞ」

レニが卑劣《ひれつ》な手を使って秋組の公演を潰《つぶ》そうとした出来事は、まだ記憶《きおく》に新しい。丞は信じられないといった表情で、いづみと太一を見比べた。

「でも、もうやめたんですよね？」

「そりゃ、そうだが……」

いづみの問いかけに、丞が戸惑いがちにうなずく。

「まあ、それを言うなら太一も元GOD座だしな」

「やめたってことは、なんか思うところがあったってことだろ。いんじゃねーの」

臣がフォローするように告げると、万里も後押《あとお》しする。

「やめて正解だ」

「即《そく》戦力には違《ちが》いないし、いいんじゃねぇか」

十座と左京もそう続けると、いづみが丞ににっこりと微笑《ほほえ》んだ。

「ほら、みんなもこう言ってますし！」

丞はまだ踏《ふ》ん切《ぎ》りがつかない表情で視線を流すと、紬の方に顎をしゃくった。

「……そいつも劇団に入ってんのか？」

「え？　そいつ？」

いづみが指し示された方向を見ると、紬が気まずそうな表情を浮かべて視線をそらす。

「紬さんのことですか？　紬さんも今日から入団しました」

「お前、もう一回芝居やるのか」

いづみの言葉を受けて、丞が紬に問いかける。その声は低く、鋭い目つきで紬を睨みつけていた。

「また、逃げるんじゃないだろうな」

悲しげに瞳を揺らし、答えられないでいる紬にさらに言《い》い募《つの》ると、ようやく紬が口を開いた。

「俺は……」

それきり口を閉ざしてしまう。さっきストリートACTで万里たちと渡り合っていた人物とは思えない、弱々しい態度だった。

（やっぱり知り合いだったんだ）

ただならぬ様子の二人を、いづみは心配げな表情を浮かべて見守る。

「どうなんだ」

「……もう、逃げない。逃げたくないって思ってる、けど」

詰問《きつもん》するような口調の丞に、紬が煮《に》え切《き》らない答えを返す。丞は苛立《いらだ》ったように顔を顰めた。

（なんだかワケありって感じだな……）

「あの、入団の件、考えてみてください。うちはいつでも大歓迎《だいかんげい》ですから！」

いづみが二人を気遣《きづか》うように声をかけると、丞はバツが悪そうに息をついた。

「ああ。ぐだぐだ言ったが、俺には行くところがない。こんな俺でよかったら、置いてほしい」

「え？　本当に？」

意外そうに聞き返すいづみに、丞がはっきりとうなずく。

「よろしく頼む」

「こちらこそ！」

「丞サン、また、よろしくお願いするッス！」

いづみに続いて、太一も笑顔で丞を歓迎《かんげい》した。

「これで四人か……」

「まだ一人足りないっすね」

思案顔で冬組のメンバーを見回す左京に、臣が相槌《あいづち》を打つ。

「ま、初日に四人揃《そろ》えば上々だろう」

「そうですね」

左京の言葉に、いづみもほっとしたようにうなずいた。

「そろそろ日も暮れてくるし、ひとまず劇団のくわしい説明をするので寮《りょう》に帰りましょう！」

いづみは新入団員たちにそう声をかけると、団員寮へと案内した。

ＭＡＮＫＡＩカンパニーの団員寮は、ビロードウェイの喧騒《けんそう》から一本奥《おく》に入った静かな住宅街に建っていた。

ゆっくりと陽が傾《かたむ》き、辺りがオレンジ色に染まっていく中、いづみを先頭に秋組《あきぐみ》メンバーと冬組《ふゆぐみ》の新メンバーが歩いてくる。

「腹減ったッスー」

「今日の夕飯当番は臣？」

腹をさする太一に万里がうなずき、臣を振り返る。

「ああ。チキンの香草焼《こうそうや》きとほうれん草のパスタの予定」

「っし。カレー回避《かいひ》」

いづみが夕飯当番の日には考えられないメニューを聞いて、万里が小さくガッツポーズをとる。

「デザートは？」

いかつい顔に似合わず甘党《あまとう》の十座が小さくたずねると、臣がにっこり笑った。

「レアチーズケーキ」

「あざっす」

手間をいとわない臣のレパートリーは、デザートまで豊富だ。

「食事は団員が作ってるの？」

秋組メンバーのやり取りを面白《おもしろ》そうに聞いていた東が、小首をかしげる。

「いや、俺は好きで手伝ってるだけっす」

食事当番はいづみと臣の他に、春組《はるぐみ》団員であり、公演の脚本《きゃくほん》も担当している皆木綴《みなぎつづる》も入っている。

「臣くんの料理はいつも凝《こ》ってておいしいんですよ！」

「そうなんだ。楽しみだな」

いづみが力説すると、東がふわりと笑った。

東に微笑み返しながらいづみがエントランスに一歩足を踏《ふ》み入れた時、地面の上に不自然な膨《ふく》らみを見つけた。

直後、その膨らみが人だと理解したいづみの体がびくっと震《ふる》える。

「ひ、人が倒《たお》れてるッス！」

「おい、誰《だれ》か警察呼べ」

いづみの後ろから覗《のぞ》き込《こ》んだ太一が叫《さけ》び、丞が厳しい表情で倒れている男の脇に膝《ひざ》をつく。

「団員じゃないの？」

「知らない人です」

東の問いかけに、困惑《こんわく》した表情でいづみが首を横に振《ふ》る。

「死体の周りにチョークで枠《わく》書かねーと！　俺、持って来るッス！」

「待て。落ち着け」

わたわたと走りだそうとする太一を臣が冷静に止める。

左京は静かにしゃがみ込むと、男の首筋に手を当てた。

「……生きてるな。気絶かとも思ったが……」

左京が口をつぐむと、微《かす》かな寝息《ねいき》が辺りに響《ひび》く。

「すぅすぅ……」

「……どうやら寝てるだけだ」

厳しい口調が一気にあきれたような声色《こわいろ》に変わる。

「こんなドアの真ん前で!?」

いづみが驚きの声をあげると、丞が真剣な表情で男の顔を見下ろす。

「何かの病気じゃないか」

「眠《ねむ》り姫《ひめ》かもしれないよ」

誉が顎に手を当てながらごくごく真剣な表情でつぶやくと、東が小首をかしげた。

「男だから、どうだろうね」

「じゃあ、眠り王かな」

「一気に大食い王みたいになったッス！」

誉の言葉に、太一がすかさず突っ込む。

「病気なら頭を打ってる可能性もあるんじゃ――」

紬が心配そうに告げると、左京が首を横に振った。

「いや、外傷らしきものはなさそうだ」

「とにかく、談話室に運びましょう！」

いづみはそう告げると、急いで寮の玄関扉《げんかんとびら》を開けた。

談話室のソファに運ばれた男は、一向に目を開ける様子もなく、ひたすら眠り続けていた。

「目を覚ます気配がねぇ」

「大丈夫《だいじょうぶ》か、コイツ」

万里と十座が不審《ふしん》げに男を見下ろす。

「これだけ動かしても目を覚まさないっていうのは、少し心配だね」

「やっぱり救急車を呼んだ方がいいんじゃないですか」

「うーん、そうですね……」

東と紬が心配そうな表情を浮かべると、いづみも考え込むように眉根を寄せた。

と、そのとき、男のまつげが微かに震えた。

「ん……」

ゆっくりと瞼《まぶた》が開く。

「あ、目を覚ましたよ！」

誉がうれしそうに男の顔を覗き込んだ。

男は何度か瞬《まばた》きをするも、その目は空《くう》を見つめたままぼんやりとしている。

「大丈夫ですか……？」

男はいづみの顔をぼうっと見つめたかと思うと、再び静かにその瞼を閉じた。

「……ぐー」

「って、また寝るのかよ！」

万里が突っ込むと、男が再び目を開ける。

「あ、起きた」

「だ、大丈夫ですか!?」

冷静につぶやく東に続いて、いづみがさっきよりも大きく呼びかけるも、男は再び目を閉じた。

「……ぐー」

「おい、起きろ」

丞が低く起こすと、男の目がゆっくりと開く。

「起こせば起きるんですね」

紬がいづみにそっと声をかけると、いづみが小さくうなずいた。

「病院に行きますか？」

いづみの問いかけに、男がことさらゆっくりと一度瞬きをしたかと思うと、口を開いた。

「……ううん」

男の口から微かな声が漏れた途端、辺りがざわつく。

「おお、喋《しゃべ》ったよ！」

「喋ったねぇ」

誉が歓声《かんせい》をあげれば、東がのんびりとうなずく。

「喋るまで、ずいぶんかかったけどな」

丞が短くあきれと安堵《あんど》が入り混じったため息をつく。

「うちの寮の前で寝てたんですけど、覚えてます？」

「……わからない」

いづみに問いかけられると、たっぷりと十秒は間を空《あ》けた後、ぽつりと答える。

「え!?」

「記憶喪失《そうしつ》ッス!?」

いづみと太一が目を丸くすると、男はぼんやりと二人を見つめた。

「自分のことはわかりますか？」

「名前は……」

男の言葉がそこで止まり、辺りに沈黙《ちんもく》が流れる。

ややあって、男が考え込むように目を伏せたかと思うと、寝息が漏れ始めた。

「……すー」

「話してる途中《とちゅう》で落ちるな！」

万里の突っ込みで、再び男が目を開ける。

「名前は覚えてます？」

さっき言いかけたことを思い出させるように、いづみがそう促《うなが》すと、男がゆっくりとうなずいた。

「……御影密《みかげひそか》」

「ふむ、名前は憶《おぼ》えているのか」

感心したように誉がつぶやく。

「記憶喪失じゃないのか？」

「一時的に記憶の断片《だんぺん》が抜けてるのかもしれないな」

丞が問いかけると、左京が思案顔で答えた。

「密さん、ですね。年は……？」

密が再び目を伏せる。そして、うっすらと口が開いた時、すかさず丞が声をかけた。

「……す」

「寝るな」

密が視線を上げる。

「年は覚えてる？」

いづみに代わって東がたずねると、密はしばらく考えた後に首をゆるく横に振った。

「……わからない」

「他に覚えてることは？」

いづみの質問に、密がまた沈黙する。

「寝るなよ？」

丞が釘《くぎ》を刺《さ》すと、密は目を開けたままじっと空を見つめる。そのまま、一切瞬きをせずに、動きを止めていた。やがて、口から微かな寝息が漏れてくる。

「目を開けたままでも寝るな！」

丞の声で密がようやく一つ瞬きをした。

「……覚えてない」

「マジで記憶喪失……？　ドラマみてぇ」

密の言葉を聞いて、万里が声を漏らす。

「また他劇団のスパイじゃないだろうな」

左京が低くつぶやくと、太一が大真面目に片手を横に振った。

「さすがに怪《あや》しすぎるッス。普通《ふつう》、こんな大技《おおわざ》使わないッス」

「お前が言うな」

すかさず万里が突っ込む。

「何か身元を証明するものとか、持ってないのかな」

臣がそうたずねると、密は自らの体をじっと見下ろし、ポケットを探《さぐ》った。

「……何もない」

「財布《さいふ》も？」

「ない」

東の問いかけにも首を横に振る。

「所持品も何も持ってないなんて……」

「何か事件にでも巻《ま》き込《こ》まれたのかな」

いづみが呆然《ぼうぜん》とつぶやくと、東も心配げに眉根を寄せた。

「とりあえず警察に届けましょうか」

紬の言葉に、密がぴくっと反応した。今までの緩慢《かんまん》な動きとは比べ物にならないくらい過敏《かびん》だった。

「――やだ」

「え？」

いづみが聞き返すと、はっきりと告げる。

「警察は嫌《いや》だ」

「でも――」

「絶対に行かない」

密は頑《かたく》なな態度で、首を横に振《ふ》った。理由は本人にもわからないのか、ただ嫌だとしか言わない密に、いづみは困惑した表情を浮かべる。

「何やらワケありみたいだな」

「どうします？　行く当てもないなら、しばらく寮に置いてあげるとか」

ため息を漏らす左京に、いづみが視線を投げる。

「まあ、しょうがないよな」

臣がつぶやくと、他のメンバーも異論はないのか誰《だれ》も何も言わなかった。

密自身はどう考えているのか、ただ黙《だま》ったままぼんやりとしていた。

（なんだか、独特の雰囲気《ふんいき》を持った人だな……）

いづみが改めて密を見つめる。

長く斜《なな》めに流した前髪《まえがみ》が右目を隠《かく》し、露《あらわ》になった左目もどこか眠たげで覇気《はき》がない。

身長はいづみよりも高く百七十センチほどはあるが、細身の体にだぼっとしたシルエットのロングカーディガンを羽織っていることで小柄《こがら》に見える。プルオーバーの襟《えり》ぐりから華奢《きやしや》な鎖骨《さこつ》が覗《のぞ》き、所在なげな様子も相まって、どこか儚《はかな》げな印象を与《あた》えていた。

「あの、お芝居《しばい》に興味ありますか？」

いづみがおずおずとそう声をかけた瞬間、万里が短く息を吐いた。

「出た！　カンパニー名物・総監督《そうかんとく》の見境《みさかい》ない勧誘《かんゆう》」

「見境なさすぎだろ」

十座ももっともらしい表情で万里に続く。

「お前ら、人のこと言えた義理か」

左京があきれたように二人に突っ込むと、臣も笑みを浮かべた。

「たしかに、秋組のメンツは何も言えないいな」

記憶喪失の人間と、ガラの悪いヤンキーを比べて、どちらが劇団にふさわしいかといえば、五十歩百歩だ。

「芝居……？」

密が不思議そうに首を傾《かたむ》ける。

「ここ、ＭＡＮＫＡＩカンパニーっていう劇団の寮なんです。今団員を募集してて、もし興味があれば、どうかなと思って」

いづみが説明すると、密はゆっくりと辺りを見回した後、床《ゆか》に視線を落とした。

「……わからない」

「そうですよね……。記憶をなくして大変な時に、すみません……」

いづみが申し訳なさそうに、眉を下げる。

「どうせやることもねぇんだろうし、気が向いたら稽古《けいこ》に参加すればいい」

「何もしないでいると考えすぎちゃうから、それもいいと思うよ」

左京に続いて東が提案すると、密は少しためらった後にうなずいた。

「……わかった」

と、その時、密のお腹《なか》の辺りからぎゅるるるという音が聞こえてきた。

「お腹空いてるんですか？」

いづみが問いかけると、密がお腹をさする。

「じゃあ、適当に何か作ってくるよ。そろそろ夕飯の準備もしないといけないし」

臣はそう言って立ち上がると、キッチンの方へ向かった。

「あ、ここに誰かが置いてったマシュマロならありましたけど、食べるッスか？」

ふと太一がテーブルの上に置いてあったマシュマロの袋《ふくろ》を取り、密に手渡す。

密はマシュマロを一つつまむと、しばらく不思議そうに見つめた後、口に放り込んだ。

一つ飲み込むと、また一つ、二つと機械的に口に運び続ける。

（ひたすら食べ続けてる……）

「マシュマロ好きなの？」

無表情のまま淡々《たんたん》とマシュマロを消費し続ける密に、いづみが問いかけるも、密は無言のままマシュマロを口に詰《つ》め込《こ》んでいた。

「よっぽど気に入ったみたいだね」

東が笑みを漏らすと、不意に密の手が止まり、瞼が静かに閉じた。

「……すぅすぅ」

「食いながらも寝んのかよ!?」

万里があきれ交じりに突っ込むも、密は何も聞こえていないかのように、健《すこ》やかな寝息を立てていた。


うららかな日差しが差し込む週末の朝、寮の玄関先に積まれていた段ボール箱を、十座が険《けわ》しい表情で見下ろしていた。

「いよいよ冬組本格始動か……」

その声はどこか感慨深《かんがいぶか》げで、眉根を寄せた表情は不機嫌《ふきげん》なわけではなく、日差しの眩《まぶ》しさのせいだというのがわかる。

「今日が入寮日《にゅうりょうび》なんだよね。どんな人が来るのか楽しみだな」

十座のいとこであり夏組《なつぐみ》の向坂椋《さきさかむく》もそわそわした様子で玄関扉を見つめる。

「……濃い」

「え⁉　濃いの？」

十座の端的《たんてき》な説明に、椋が意外そうな声をあげる。

「濃いな。一部が」

十座が実感を込めて繰り返した時、玄関扉が開いた。

「う～ん、実にいい天気だ。引越《ひっこ》し日和《びより》だね」

軽《かろ》やかな足取りで一番に入ってきたのは誉だった。

「詩興《しきょう》もわいてくるというものだ。ララ、さざめくニュープレイス、さわやかなムーブメント～！」

「ほ、ほんとだ」

身振り手振りを交《まじ》えながら詩を披露し始める誉を見て、椋がぽかんとした表情を浮かべる。

いづみは十座と椋の横から一歩前に出ると、誉に続いて顔を覗かせた冬組メンバーを出迎《でむか》えた。

「いらっしゃい！　改めまして、ようこそＭＡＮＫＡＩ寮へ！」

「……お邪魔《じゃま》します」

「今日からここが我《わ》が家《や》か。にぎやかそうだ」

紬が小さく頭を下げると、東が楽しげに寮の中を見回す。

「荷物はどこに運べばいい？」

大きなバッグを抱《かか》えた丞がたずねると、いづみが思い至ったように手を打った。

「ああ、それじゃあ部屋割りの相談しましょう。部屋は冬組に割り当てられた三部屋を五人で使ってもらうことになります」

「二人部屋か」

丞がうなずくと、いづみは隣にぼんやりと立っている密をちらりと見やった。

「密さんにはひとまず二〇五号室を一人で使ってもらってるんだけど、起こさない限り永遠に寝続けちゃうので誰かと一緒《いっしょ》がいいかも……」

冬組メンバーより先に寮で暮らし始めた密の生活ぶりは、いづみを始め団員たちを困惑《こんわく》させるものだった。

密は誰かが起こさなければ朝から晩まで、一日中食事もとらずに眠り続けてしまう。何度となく死んでいるのではないかと心配して団員が様子を見に行くということが続いたため、二〇五号室の近くを通りかかった者は必ず生存確認ついでに一度は起こすというのがお約束となっていた。

「じゃあ、ワタシが同室になろう。年中寝ている彼なら、創作活動の邪魔にもならなそうだ」

誉がそう名乗り出ると、ついさっきまで起きていたはずの密の瞼が閉じていた。

「……すぅすぅ」

「さ、いざ参りましょうぞ、眠り王よ」

誉は密の態度を気にした様子もなく、背中を押《お》して階段の方へと歩き始める。

「……ぐーすぴー」

密は寝息を立てながら、誉に背中を押されるまま階段を上っていった。

（眠ったまま歩いてる……）

いづみはあきれと感心が入り交じった表情で密を見送ると、残ったメンバーに向き直った。

「残りは二〇四号室と二〇六号室なんですけど……」

（誰と誰が二人部屋になるのがいいかな）

思案顔で紬と東と丞の顔を見回す。

「そういえば、紬さんと丞さんって、もともと知り合い同士なんですよね？　どういう関係なんですか？」

ふと思い出したようにたずねると、紬と丞が同時に視線を落とした。紬は暗い表情で、丞は苦々しげという差はあるものの、一様に沈黙する。

（あれ、聞いちゃいけなかったかな……）

いづみが二人の様子に戸惑っていると、ようやく紬が口を開いた。

「……実は幼なじみなんです。大学も一緒で、同じ演劇サークルに所属してました」

「え!?　そうなんですか！」

（また劇団も同じになるなんて、こんな偶然《ぐうぜん》あるんだ……！）

いづみは目を丸くして紬と丞の顔を見比べる。

「じゃあ、寮も同室がいいですかね！」

明るい声でそうたずねると、不自然な沈黙が辺りを包んだ。

（あ、あれ……？）

紬は首をかしげるいづみをちらりと見てから、地面に視線を落として口を開く。

「丞がいいなら……」

その言葉を聞いた丞が小さく舌打ちをした。

「ええと……丞さん、どうします？」

どう見ても納得《なっとく》していない様子の丞に、いづみがおずおずとたずねる。

「こいつと同室で構わない」

丞は紬の方を顎でしゃくって答えると、階段の方へ歩きだした。

「おい、二〇四号室の方でいいか」

「……うん」

紬が丞の後ろに続きながら、小さくうなずく。

（も、もしかしてまずかったかな……）

いづみは心配げに二人の背中を見送った。

（でも、雰囲気的に東さんが一人部屋の方がいいかなっていう気もするし……）

一人残った東の方へ視線を移す。

「東さん、一人部屋でいいですか？」

「一人部屋か……」

東は少し考え込むように顎に手を当てた。

「なんだったら、紬さんか丞さんと代わっても――」

あまり乗り気でない様子の東に、いづみがそう申し出るも、東はふわりと微笑むだけだった。

「いや、いいよ。一人の方が気楽でいいかもね」

さっき見せたためらいを覆《おお》い隠《かく》すように柔《やわ》らかく告げる東に、いづみは少しほっとしたように頭を下げた。

「それじゃあ、よろしくお願いします」

紬と丞が消えた二〇四号室には、不自然な沈黙が流れていた。

いづみたちと別れてから、二人の間に一切会話はなく、お互《たが》い目を合わせようともしない。秋組結成当初の万里と十座の険悪な空気とも違い、どこか寒々しい。

紬は持ってきた荷物を簡単に整理すると、ちらちらと丞の方を窺《うかが》った。

「あ、あのさ――」

そう言いかけた時、丞が部屋のドアを音を立てて開ける。

「丞、どこ行くの？」

「俺の勝手だろ。お前の顔見てると、イライラする」

丞は低く告げると、そのまま部屋を出ていった。

会話を拒否《きょひ》するかのようにドアが閉じられ、紬の目が悲しげに揺れた。

第2章 消極的立候補

引っ越《こ》しの片づけを終えた翌日、さっそく冬組《ふゆぐみ》の初稽古《はつげいこ》が行われた。

「それでは、冬組初稽古を始めたいと思います！」

気合いの入ったいづみの声が稽古場に響く。

「よろしくお願いします」

「お願いします」

「よろしく」

小さく頭を下げる紬《つむぎ》に続いて、丞《たすく》が軽く応え、東《あずま》が微笑《ほほえ》んだ。

「密《ひそか》さん、起きてますか!?」

目を開けたまま黙《だま》っている密の顔をいづみが覗《のぞ》き込むが、密は微動《びどう》だにしない。

「かろうじて、目は開いてるみたいだね」

東が面白そうに、いづみの後ろから密の顔を見つめる。

「よし、ワタシが随時《ずいじ》つついておこう」

誉《ほまれ》がそう言いながら密の脇腹《わきばら》を軽くつつくと、ようやく密が瞬《まばた》きをした。

「お願いします！」

いづみは密の世話を誉に任せると、メンバーの顔を見回した。

「それでは、最初ということで、まず簡単なエチュード練をします」

「エチュード練？」

「即興劇《そっきょうげき》のことです」

首をかしげる東に、紬が説明を付け加える。

「経験者は基礎《きそ》を思い出しながら、未経験者はお芝居《しばい》をすることに慣れるところから始めてください」

いづみは前半を丞と紬に向け、後半をそれ以外のメンバーに向けて告げると、先を続けた。

「テーマは『仕事をする人』で自由に一人芝居をしてください。まずは丞さん、お願いします」

経験者でブランクもない丞を一番手に指名する。

「わかった」

丞は臆《おく》した様子もなくうなずくと、大股《おおまた》で前に出た。

それから一呼吸おいて、すっと両手を揃《そろ》えたかと思うと、深く腰《こし》を折る。

『いらっしゃいませ』

(ぴしっとした身のこなし……どこか格調高いお店かな)

背中をぴんと伸《の》ばし、四十五度の角度でしっかりと頭を下げるお辞儀《じぎ》から、いづみはそう推測する。

『お荷物をお持ちいたします』

丞は柔《やわ》らかな笑《え》みを浮《う》かべながら手を差し出した。

(ホテルのドアマンだ……！)

見えない客のスーツケースを受け取り、ドアを支える仕草を見て確信する。

『本日はどちらからお越《こ》しですか？』

丞は客をホテルの中へ案内すると、普段《ふだん》の丞のイメージとは打って変わって愛想《あいそ》よく会話を続ける。

『それは、遠いところをようこそお出《い》でくださいました』

遠路の疲《つか》れに対する労《いた》わりと歓迎《かんげい》を表情で表すと、荷物をフロントスタッフへと預けた。

『ごゆっくりおくつろぎくださいませ』

再び姿勢よく客に向かって頭を下げるところまでが、ドアマンとしての仕事だ。

(ドアを開ける仕草も本物のドアマンみたいだな……フロントに引《ひ》き継《つ》ぐところまで堂々としてる)

そっと感嘆《かんたん》の息を漏《も》らすいづみの前を通り、稽古場《けいこば》の端《はし》に戻《もど》っていく丞はもう普段の表情に戻っていた。

（身長もあるし、迫力《はくりよく》があるから、舞台映《ぶたいば》えするのがよくわかる。自然と視線を惹《ひ》きつけるタイプだ）

持って生まれた体格や声というアドバンテージに加え、芝居の実力も備わっている。いづみは改めて丞の入団に感謝した。

「それじゃあ、次は紬さん」

「はい」

指名された紬はゆっくりと前に出ると、一つ深呼吸してから、す、と自らの腿《もも》の辺りに手を滑《すべ》らせた。

『……いらっしゃいませ』

ふっ、と稽古場のドアの方を向いて笑顔《えがお》で声をかける。

（迎《むか》え方はラフな感じ……？　さっきの丞さんとは違《ちが》った雰囲気《ふんいき》の職業かも）

いづみが見守る中、紬は客を誘《さそ》い、壁《かべ》の鏡の前へと案内した。

『こちらへお座《すわ》りください』

そう言いながら、客の後ろに立ち、わずかに身をかがめる。その手は何かをなぞるように動いた。

『今日はどうなさいますか？』

鏡越《ご》しににっこりと微笑む紬を見て、いづみがあ、と口を開けた。

(座ったお客さんの後ろに立って……美容師だ!)

『そうですね……少し、毛先が傷《いた》んできてますね』

客の言葉に相槌《あいづち》を打ちながら、髪《かみ》をつまむような動きで自らの指先を見つめる。

(髪を触《ふ》れる手つきが繊細《せんさい》……本当に髪の長いお客さんがいるみたいに見える)

いづみは感心しながらも、わずかに首をかしげた。

(でも演技自体は小さくまとまっているっていうか、さっきの丞さんと比べると自信なげな感じに見えちゃうな……)

小さな動きは意図的に強調しなければ、舞台上ではまったく目立たず、多くの観客に気づいてもらえない。紬の芝居は繊細だが観客の目をまったく意識していない、どこか内にこもったような芝居だった。

そんな紬の様子を、丞が刺《さ》すような視線で見つめる。

『それではシャンプー台までご案内します』

紬はそう微笑んで客を稽古場の奥《おく》へと誘うと、ぴたりと足を止めて振り返った。

「……ええと、以上です」

ぎこちなく告げて小さく頭を下げる紬に、いづみが微笑んでうなずく。

「はい、それじゃあ次は誉さん」

誉は自信満々で前に出ると、大きく手を広げた。

『ようこそ、わが工房《こうぼう》へ』

（工房……？）

首をかしげるいづみの前で、誉が腕《うで》を組む。

『何がご入用《いりよう》かな』

古めかしいセリフ回しで、客らしき相手に語りかける。

『毒……か。ふむ……』

（毒を作る工房……錬金術師《れんきんじゅつし》か何かの工房かな。まさか、ファンタジーの世界観で来るとは思わなかったな。でも、誉さんの雰囲気にはあってるかも）

どこか謎《なぞ》めいた雰囲気の誉の芝居を見ながら、いづみが感心したような表情を浮かべる。

『毒にも色々種類があってね。眠《ねむ》るように死ぬ薬、苦しんでのたうちまわりながら死ぬ薬……どんな死に方がお好みかな？　まあ、こちらで詳《くわ》しい話を聞こうじゃないか。じっくりとね』

誉が微笑むと、そこがあたかも怪《あや》しげな物が溢《あふ》れた不思議な工房のように見えてくる。

（ちょっといちいち大げさなところがあるけど、元々芝居がかった感じで話すから、堂々としてていい感じ）

自分に合った題材を選ぶということは、自らの強みを理解しているからこそできることだ。冷静な分析力《ぶんせきりょく》は役者にとっても必要な能力の一つだが、誉はすでにそれを会得《えとく》しているといえる。

いづみは今のエチュードから誉をそう評価すると、満足げにうなずいた。

「はい、わかりました。それじゃあ、次は東さん」

四番手として指名された東は、近くにあった椅子《いす》に座ると、斜《なな》め下をじっと見下ろした。

(あれ？　何か見たまま動かない……？)

いづみが不思議に思っていると、ふと緩慢《かんまん》な動きで顔を上げる。

『……いらっしゃい』

不愛想だが、そのセリフから客商売をしていることがわかる。

『十七番を一カートンね。四千六百円』

お釣《つ》りとタバコを渡《わた》すような仕草をすると、すぐに再び視線を下ろす。

『毎度あり』

客の方も見ずにそう告げると、再び沈黙《ちんもく》した。

(街のタバコ屋さん……!?)

気付いた途端《とたん》、いづみの脳内で今ではあまり見られない場末のタバコ店の背景が、東の周囲に広がる。東は薄汚《うすよご》れた窓口の奥で暇《ひま》そうにじっと座ったまま、台の上に広げた何かを眺《なが》めているように見えた。

（新聞でも見てるのか、けだるげな雰囲気がぴったりだ……）

東は無言のまま何度か紙を繰《く》る動作をすると、ゆっくりと立ち上がった。

「……ふう。こんな感じかな」

「あ、はい。大丈夫《だいじょうぶ》です」

東の問いかけに、いづみがうなずく。

（動きは少ないけど、やっぱり器用だな。自分のキャラとかどう見えるかを熟知してる感じ）

自分自身を熟知しているのは誉と同じだったが、東の場合は魅《み》せ方までわかっていた。

「次は密さんなんですけど……」

いづみが心配げに密に視線を投げると、密は稽古場の端でぼんやりとたたずんでいた。

「つついといたから、かろうじて起きてるよ」

「ありがとうございます！」

いづみが誉に礼を言うと、密が一つ瞬きをして口を開いた。

「……誰《だれ》を演じるの？」

「自由に決めてください」

今までの話は聞いていたらしいことに少しほっとしながら、いづみが答える。

「……わからないとできない」

「それじゃあ、ファストフード店の店員をお願いします」

いづみが少し考えてからそう告げると、密はわずかに首をかしげた。

「……年齢《ねんれい》と職業は？」

「え？　ええと、二十歳《はたち》のフリーターで」

「……外見は？　家庭環境《かんきょう》は？」

「中肉中背の普通《ふつう》の外見かな？　家庭環境も問題ない感じで……」

（ずいぶん詳しく聞いてくるんだな）

いづみが怪訝《けげん》に思いながらも、人物像を細かく指定すると、密がようやくうなずいた。

「……わかった」

直後、密がまとう空気が一変する。

『いらっしゃいませー』

重心を片方に乗せたややだらしない姿勢で、間延びした声を発する。

『ご注文お決まりでしたらどうぞ』

愛想笑いを浮かべて少し語尾《ごび》を伸ばすような話し方は、普段の密とはまったく違うものだ。姿勢や声の出し方だけではなく、表情も終始眠たげなそれとは違い、だるそうながらも人目を意識したようなものに変わっている。

（え……密さん、だよね？）

いづみが戸惑《とまど》うほどに、その変化は顕著《けんちょ》だった。

『ハンバーガー、ポテトセットですねー。かしこまりました』

手慣れたしぐさで、ハンバーガーやポテトを紙袋《かみぶくろ》に詰《つ》め込《こ》んでいく。その動きはまるで本当に何年もその仕事をしていたかのように正確だ。

（普通のバイトの青年だ。しかもやる気なくて適当に仕事してる感じ……）

『四百三十円になります』

流れるようにレジを打ち、お金を受け取る。その動作に迷いはなく、熟練バイトといった雰囲気だ。

『七十円のお返しです。ありがとうございましたー』

お釣りを返して袋を渡すと、ふっと笑顔が消える。そのままつまらなそうな表情で、ぼんやりと前方を見つめたかと思うと、窓ガラスに映った自分の姿に気づいたかのように、自らの髪を撫《な》でつけた。

（お客さんがいなくなった途端、だれるところもリアル……）

いづみが感心していると、密の雰囲気が唐突《とうとつ》に元に戻った。

「……これでいい？」

眠たげな目でいづみを見つめる表情は、さっきの店員とまったく違う。

「うん！」

いづみがもちろんだとばかりに勢いよくうなずくと、密はいづみの感動に気づいていないのか、あくびを漏らした。

(まさかこんなにリアルな演技ができるなんて思わなかった。もしかしたら、記憶《きおく》をなくす前は役者さんだったのかな)

密はいづみの視線を気にした様子もなく、ぼんやりとしている。

(もう元通りの密さんだ。存在感がないわけじゃないんだけど、なんかリアリティがないっていうか、ふわふわしてるっていうか)

「お前、何か武道でもやってたのか?」

不意に丞が口を開いた。その目は密に向けられている。

「密さんのことですか?」

何も答えない密の代わりにいづみがたずねると、丞がうなずいた。

「足音がしない」

丞の言葉を聞いた途端、いづみがあ、と声を漏らす。

「そういえば、起きてても寝《ね》てても静かだなとは思ってたんだよ」

誉も納得《なっとく》したように同意した。

(だから存在感がなかったのか……)

密の動きは常に猫のように柔らかく、足音だけではなくすべての動作に音が伴《ともな》わない。

「……すぅすぅ」

密は自分に集中する視線を気に留《と》める様子もなく、寝息《ねいき》を立てている。

「もう寝てるね」

「こういうところを見ると、武道をやってる風には見えないけど……」

東が面白《おもしろ》そうにつぶやき、いづみも不思議そうに首をひねる。

「……気のせいか」

丞は小さく息をつくと、そう結論付けた。

「起きたまえ。つんつん」

誉が密の脇腹をつつくと、密の瞼《まぶた》が開く。つつかれたことを嫌《いや》がるでもなく、避《さ》ける様子もない辺り、武道のイメージとはまったく結び付かない。

「誉さん、引き続きよろしくお願いします！」

「うむ」

いづみに密の目覚まし係を頼《たの》まれた誉は、大仰《おおぎょう》にうなずいた。

昼休みを挟《はさ》んで午後の稽古が行われていた稽古場に、斜めに西日が差《さ》し込《こ》んでくる。

「ふう……」

早口言葉の練習をしている途中《とちゅう》、東が椅子に座って息をついた。

「東さん、どうかしました？」

「いや、あんまり体を動かすことがなかったから、少し疲れてしまってね。運動不足かな」

柔らかく微笑む東の表情に疲れの色が見える。

（東さんはスタミナ不足が課題になるかな……）

いづみはちらりと時計を確認《かくにん》した。

「もう夕方ですもんね。初日ですし、今日の稽古はこの辺で終わりにしましょう」

そこでぐるりと冬組メンバーの顔を見回す。

「最後に冬組のリーダーを決めたいと思います。各組リーダーが旗揚《はたあ》げ公演の座長を務めるので、同時に主役ということになります。誰か、立候補する人はいますか？」

いづみの呼びかけにすぐに応える者はおらず、しばらく沈黙が流れる。

「主役なら経験者の方がいいんじゃないのかね」

誉が口火を切ると、東もうなずいた。

「たしかに、まとめ役としても演劇の知識は必要だろうしね」

「……すぅすぅ」

密はすでに意識を手放し、寝息を立てていた。

（誰も手をあげない……というか、誰もやりたくなさそう。密さんに至っては寝てるし……夏組とは大違いだ）

全員が一斉《いっせい》に手を挙げた夏組のことを思い返しながら、いづみがためらいがちに紬と丞に視線を向ける。

「経験者、となると紬さんか丞さんですけど……」

いづみに名指しされた二人は、お互《たが》いの出方を見るように沈黙していた。

(丞さん、手を挙げるかと思ったけど、その気はないのかな。GOD《ゴッド》座《ざ》のトップならリーダーシップも期待できるかと思ったのに、ちょっと残念)

一向に口を開く様子のない丞を見て、いづみが落胆《らくたん》の表情を浮かべた時、紬が小さく手を挙げた。

「あの――」

「はい？」

「誰もやらないなら俺が……あ、でももし他にやりたい人がいるなら辞退します」

煮《に》え切《き》らない紬の物言いに対して、丞がイライラしたように眉《まゆ》をひそめる。

「お前、やるのかやらないのかどっちだよ」

紬が一瞬《いっしゅん》顔をゆがめると、いづみが慌《あわ》てて口を開いた。

「紬さん、やってくれます？」

いづみの問いかけに、紬は少しためらった後うなずく。

「……やります」

「それじゃあ、紬さんがリーダーということでいいでしょうか」

いづみが他のメンバーに問いかける。

「まあ、いいんじゃないかな」

「ボクもそれで構わないよ」

「……ぐー」

誉と東が軽くうなずく横で、密は相変わらず立ったまま眠り続けている。残る丞は、苦虫を噛《か》み潰《つぶ》したような表情で沈黙していた。

（丞さんは納得してなさそうだし、他は興味なさそうだし、なんだか秋組とは違った感じで空気が悪い……明らかにギスギスしてるっていうわけじゃないんだけど。大丈夫かな……）

いづみは他の組とはまた違った冬組の雰囲気に、戸惑いと不安を隠《かく》せなかった。


その翌週の昼下がり、談話室のソファに座っていたいづみは、低い唸《うな》り声をあげて考え込んでいた。

（冬組の微妙《びみょう》な雰囲気をよくするにはどうすればいいのかな。もうちょっと打ち解ければいいのかな。みんな大人だし、学生のノリとも違うから、なかなか難しそうだけど……）

冬組メンバー全員大人ということもあり、表面的には当《あ》たり障《さわ》りのない付き合いをしている。険悪そうな紬と丞すら、面と向かって衝突《しょうとつ》するようなことはなかった。

しかし、それと同時にお互い踏《ふ》み込《こ》んで仲良くしようという素振《そぶ》りも見られない。

いづみが思《おも》い悩《なや》んでいる中、ダイニングテーブルの方では、冬組メンバーが何やら話《はな》し込《こ》んでいた。

「……そういえば、そうだな」

「まあ、本人は困ってないみたいだがね」

丞が納得したようにうなずいていると、誉が告げる。

「そうは言っても、いつまでもこのままっていうわけにはいかないですよね」

「必要最低限のものはそろえないといけないだろうね」

紬の言葉に東がうなずき、丞や誉が考え込むように黙った。

（なんかみんなで集まってる？）

丞たちの様子に気づいたいづみは、ソファから腰を上げると、ダイニングの方へと歩み寄った。

「どうかしたんですか？」

「いや、密くんの部屋に何もないのが気になってね」

「寮《りょう》で暮らしてもう一週間にもなるのに、ずっと布団《ふとん》も使わずに寝てたらしい」

いづみに誉と東が説明する。

（そういえば密さんて一文無し……！）

いづみがはっとした表情で、キッチンにいた劇場支配人の方を振り返る。

「し、支配人、備品とかないんですか!?」

「え!?　寮の備品ですか？　ないことはないですが、穴が空いてたり、変色してたり……」

寮の備品や劇団の小道具の管理など雑用全般《ぜんぱん》を担《にな》う支配人が、しどろもどろに答える。

「それはさすがにかわいそうだよね。誉の部屋なんて壁が煉瓦《れんが》で立派なのに」

「煉瓦!?」

東の言葉を聞いて、いづみが驚《おどろ》きの声をあげる。

「ふふん、施工《せこう》業者を手配したのさ」

「そんな勝手に！」

誉が得意げに告げると、支配人も悲鳴をあげた。

「なんか物音がすると思ったら工事してたんですか!?」

「一日で仕上げさせるのは大変だったよ」

いづみの問いかけに、誉は大仰に肩《かた》をすくめて見せた。

「まあ、そこまでとは言わないまでも、せめて布団くらいは用意した方がいいんじゃないかな」

「……いらない」

ずっとぼんやりとした表情で黙っていた密がぽつりとつぶやく。

「新しい布団ですか……財布《さいふ》のひもを握《にぎ》ってるヤクザに内臓の一つでも売れば、なんとかなるかもしれません……」

「いくらなんでもそこまでは……！」

沈痛《ちんつう》な表情を浮かべる支配人をいづみが止める。

「お金のことなら心配いらないよ。そのくらいボクが出そう」

「ワタシも援助《えんじょ》するよ。部屋が狭《せま》くて改装にもさほどお金がかからなかったしね」

東と誉がなんでもないことのようにそう申し出ると、支配人の顔がぱっと明るくなった。

「本当ですか!?　それなら、私の部屋のテレビも新しく……」

「図々《ずうずう》しすぎです！」

どさくさに紛《まぎ》れて自分のものまでねだろうとする支配人に、いづみがすかさず突っ込む。

「すぐに使うものですし、買うなら、早い方がいいですよね」

紬の言葉を聞いた途端、いづみが思いついたように両手を打った。

「あ！　ちょうど休日だし、今からみんなで買いに行きましょうか！」

（親交を深めるいい機会かも！）

こういう機会でもなければ、連れ立って出かけるようなこともないだろうと、いづみが勢《いきお》い込む。

「今日持ち帰るなら、車で行かないといけないね」

「一応劇団の車はあるんですけど、六人は乗れませんね……」

東が思案顔でつぶやくと、支配人が申し訳なさそうに告げた。

「軽か?」

丞の問いかけに、支配人は首を横に振る。

「手押《てお》し車です」

「そっちの車!?」

予想外の返事をする支配人に、いづみが思わず突っ込んだ。

(至《いたる》さんも車持ってるけど、今日は一日万里《ばんり》くんと耐久《たいきゅう》ゲームって言ってたから、部屋には近づけないし……)

春組《はるぐみ》の茅ケ崎《ちがさき》至は一見さわやかなエリートサラリーマンだが、その実態はかなり重度の廃人《はいじん》ゲーマーだ。ゲームのジャマをすれば、機嫌《きげん》が悪くなることは間違《まちが》いない。

「……はあ。俺のワゴンなら六人乗れる。貸してやるから、お前らだけで行け」

「え!?」

丞がため息交じりに告げると、いづみが不満そうな声をあげる。

（せっかくみんなで行こうと思ったのに……）

一人欠けてしまったら、親睦《しんぼく》を深める意味がなくなってしまう。

「でも、ワゴンって乗り慣れてないから、車両感覚が……バンパーこすったらすみません」

いづみがおずおずと頭を下げると、丞の眉がぴくりと上がった。

「──監督《かんとく》は却下《きゃっか》だ。紬、お前、免許《めんきょ》持ってたよな」

「俺……大学三年の合宿以来運転してない……」

「あれが最後かよ!?」

紬の返答を聞いて、丞が目を見開く。

「他に運転できるのは──？」

丞が首を巡《めぐ》らせると、東が困ったように微笑んだ。

「免許は持ってるけど、自分で運転する機会はほとんどないんだよね」

「ワタシは華道《かどう》の免許なら持っているよ」

誉が自信満々に告げるのを見て、丞はまた一つため息をついた。

「はぁ……しょうがない」

記憶喪失《そうしつ》で免許証も持っていない密は当然運転できないとなれば、もう残るは丞しかいない。

「運転してくれるんですか？」

「他にいないんだから、そうするしかないだろ」

いづみに期待を込めたまなざしで見つめられて、丞はややうんざりしたようにうなずいた。

「ありがとうございます！」

笑顔で礼を言ういづみの横で、密の頭がかくっと前に倒《たお》れた。

「……すぅすぅ」

「肝心《かんじん》の本人が寝てるけどね」

「密さん、起きて！」

誉の指摘《してき》を受けて、いづみが慌てて密を起こした。


丞の車は三列シート七人乗りのミニバンだった。車内は広く、六人乗っても窮屈《きゅうくつ》さは感じられない。運転中の乗り心地《ごこち》もスムーズで快適だ。走行性を重視しつつも、劇団の活動で人や物を運ぶ機会も多いことを意識して車種を選んだようにも思われた。

「ここから二〇分くらいか……」

信号待ちの間、カーナビの画面をちらりと確認した丞がぽつりとつぶやく。

「この道は混むから回り道した方がいいよ」

助手席の東が、細い指で地図に表示された道を示した。

「詳しいですね」

意外そうに丞が東を見ると、東が微笑んだ。

「助手席に乗ることが多いからね。ナビは任せてよ」

「じゃ、お願いします」

ちょうど信号が青に変わり、シフトレバーを操りながら丞が告げる。東は手慣れたしぐさでカーナビを操作した。

(これをきっかけに、ちょっとでもみんなと仲良くなれるといいな)

いづみは二人のやり取りを後ろから見つめながら、そんな風に考えていた。


郊外《こうがい》にある大型の家具店は週末ということもあって、多くの客でにぎわっていた。店内は広く空間を使っていて、それほどストレスを感じさせない。

冬組メンバーはひとまずエントランス前にあったフロア案内板の前で足を止めた。

「まずは、布団と……」

「チェストも必要だよね」

紬の言葉に、東が続ける。

「そこ、チェストのコーナーです」

丞が歩き出すと、他のメンバーもそれを追った。

「おお、いいじゃないか。これにしたまえ、密くん」

誉がコーナーの一角にディスプレイされていたチェストを指す。

（すごいロココ調の優雅《ゆうが》できらびやかなチェスト……）

白と金を基調とした華《はな》やかなモチーフで飾《かざ》られた大きな鏡やライトが置かれている中にたたずんでいる。高さも幅《はば》も大きく、かなりの存在感だ。

密はちらりと見た後、無言のまま瞼を閉じた。

「う、うーん、これはどうでしょう。あの狭い寮の部屋には大きすぎませんか」

紬が控《ひか》えめにそう告げると、東が別の方向を指差した。

「ボクはこれがいいと思うな」

（花嫁《はなよめ》道具にでもなりそうな重厚《じゅうこう》な桐簞笥《きりたんす》……！）

畳《たたみ》の上に衣紋掛《えもんか》けや着物と共に飾られている桐簞笥は純和風の趣《おもむき》だ。着物が入る幅がありり、高さもそれなりにある。

密はこれもちらりと見ただけで、また眠たげに目を閉じてしまった。

「こ、これもちょっと大きいかと！」

いづみがフォローするように口を開くと、紬が別のチェストを指差した。

「このくらいのサイズでどうでしょう」

「ああ、ナチュラルな木目でいいですね。落ち着きます」

一人暮らしにちょうどいい低めのシンプルな白木のチェストを見て、いづみがほっとしたようにうなずく。

「女じゃあるまいし、こっちの方がいいんじゃないか」

そう言って丞が指したのは、模様のついたシルバーのチェストだった。

「スチール素材のチェストですか。ちょっと武骨な感じですけど、アメリカンでかっこいいですね」

「みんなそれぞれに好みが出るね」

いづみが素直《すなお》にほめると、東も面白そうにうなずいた。

「どれがいいんだね、密くん。好きなものを選びたまえ」

押《お》し黙《だま》っている密に誉がたずねると、密はまたしばらく沈黙した後、そっと目を伏《ふ》せた。

「……すぅすぅ」

「寝る前に決めよう！」

寝息を立て始めた密を、いづみがすかさず起こす。

「……じゃあ、これ」

密が、す、と指差した方を、いづみが振り返る。

「これ？」

「シンプルなモノトーンのチェストか。たしかに密らしい感じがする」

白を基調に、アクセントとして黒が使われている飾《かざ》り気《け》のないチェストを見て、東が感心したようにうなずいた。

「それじゃ、これにするか」

丞はそう告げると、ディスプレイされているチェストに貼《は》られた注文カードを抜き取った。

「次は……」

「机もあった方がいいんじゃない？」

ぐるりと首を巡らせる誉に、東が告げる。

「それなら、あっちですね」

紬はそう言いながら、デスクコーナーの方へと歩き始めた。

それからデスク、布団などの買い物を終えて帰途《きと》についた頃《ころ》には、辺りは暗くなっていた。

「すっかり遅《おそ》くなっちゃいましたね」

真っ暗な車窓に、行きかう車のライトの明かりだけが規則的に流れていくのをぼんやりと眺めながらいづみがつぶやく。

「色々見て回ると、あっという間に時間が経《た》っちゃうね」

「でも、無事に揃って良かったですね」

東がいづみに同意し、紬がほっとしたように告げた。

「ワタシの趣味《しゅみ》ではないがね。あんなオセロみたいな部屋では、目を白黒させてしまうよ」

「モノトーンだけに？」

数々のアドバイスをすべて却下されてやや憮然《ぶぜん》とした表情の誉に、いづみが聞き返す。

「オヤジギャグか」

「ふふっ」

運転席で後ろの会話を聞いていた丞がぼそっと突っ込むと、助手席の東が笑い声を漏らした。

「む、誤解しないでくれたまえ。これは詩人がたしなむ言葉遊びの一種なのだよ」

（そうなんだ……!?　どう考えてもダジャレなのに……）

いづみが言葉には出さずに疑問に思っていると、不意に密が口を開いた。

「……止めて」

「ん？」

当然寝ていると思っていた密の声が聞こえて、丞が眉を上げる。

「……止めて、お願い」

「なんだよ？」

さっきよりも強い口調で頼まれ、丞がウィンカーを出すと車を脇に寄せる。密はその間もずっと窓の外を見つめていた。

「どうかしたの？」

紬が声をかけるが、密はただ窓の外の暗がりを瞬《まばた》きもせずに凝視《ぎょうし》している。

（窓の外をずっと見てるけど、何かあるのかな……）

「密さん、降りる？」

「……うん」

いづみがそっと後ろから声をかけると、密がこくりとうなずいた。

外の暗闇《くらやみ》に広がっていたのは、ゆったりと波打つ海だった。

道路脇の低い柵沿《さくぞ》いに歩道をしばらく歩くと、浜辺《はまべ》に下りる階段が見えてくる。密は何も言わずに黙々《もくもく》と浜辺に下りていった。その様子は何かに魅入《みい》られたようで、他のメンバーも何も聞かずに密の後を追った。

しばらく砂の上を歩いていた密が、やがてぴたりと足を止めた。ただ暗い空と海が広がる光景を見回しながら、他のメンバーも密の周りに立つ。

海から吹きつける塩気を含んだ重たく冷たい風が密の髪を撫《な》でる。

「冬の夜に海とは。なんとも詩興《しきょう》をそそられるシチュエーションだね」

誉が楽しげにつぶやくも、密はただ黙って前方を見つめていた。

（密さん、何かじっと考え込んでる……）

「……何か思い出しました？」

いづみが小さくたずねると、密はしばらく間を置いた後、答えた。

「……ここに流れ着いた。気がする」

「え!?」

「浜辺に流れ着いたの……？」

「漂流《ひょうりゅう》してたってことか？」

いづみが目を丸くすると、紬と丞が重ねてたずねる。

「なんとも穏《おだ》やかじゃないね」

東が思案顔でつぶやいた直後、誉が指を鳴らした。

「わかったよ！　キミの過去はダイビングインストラクターだ」

「いや、インストラクターはこの格好で海に入らないだろ」

流れ着いた時のままの格好なら、ウェットスーツのはずだと、丞がすぐさま否定する。

「じゃあ、ただの海の男……？」

「海の男にただも何もあるのか。そもそも海の男ってなんだよ」

東の言葉に、丞が突っ込む。

「あとは、密航者とか」

「密航者⁉」

紬の言葉を聞いて、いづみが驚きの声をあげた。

「……わからない」

密はわずかに眉根《まゆね》を寄せると、ゆるく首を横に振る。

「そう……」

いづみは密の苦しげな様子に同情するように眉を下げた。

「でも、きっかけがあれば記憶が戻る可能性があるってことですよね」

「そういうことだね。これから少しずつ思い出せばいい」

いづみが慰《なぐさ》めるように明るく告げると、東も密の背中にそっと手をあてた。

(早く密さんの記憶が戻るといいな……)

じっと考え込むように海を見つめる密の横顔を見ながら、いづみはそう祈《いの》った。


冬組結成からしばらく経ったとある夜、談話室のソファテーブルを、珍《めずら》しい顔ぶれの四人が囲んでいた。

「チー！」

左京《さきょう》がテーブルの上の牌《はい》を取ってそのまま置いた途端、夏組の三好一成《みよしかずなり》が高らかに声を上げる。春組のシトロンと東がちらりと牌を確認した。

続くシトロンは無言のまま牌を取ると、そのまま捨てた。

「ポン」

東が白く長い指で牌を三つ並べると、左京が次の牌を取った。

談話室で麻雀《マージャン》が始まったのは、一時間ほど前のことだった。昼間、倉庫を整理していた支配人が古びた麻雀牌を見つけて談話室に置いておいたところ、一成が面白がってメンバーを揃えたのだ。意外と物知りな一成は例外として、若い団員には麻雀のルールも知らない者も多く、結局年長組の左京と東、それに異国出身ながら何故《なぜ》か麻雀に詳しいシトロンと一成の四人で卓《たく》を囲むことになった。

そんな中、談話室に入ってきたいづみは、真剣《しんけん》な表情で左京たちがテーブルの上を睨《にら》みつけているのを見つけて首をかしげた。

（珍しいメンバーが固まってるな）

左京の後ろからテーブルの上を覗き込む。

「ポン！」

一成が再び鳴いた。

「……あいかわらずセコイとこ狙《ねら》いやがって」

一成の前に並んだ牌を見て、左京が揶揄《やゆ》する。

「フットワーク軽いってことで～」

「ポンダヨ」

シトロンが声をあげると、東が笑みを漏らした。

「くすっ。王子様は読めないな」

「王子？　ロンロンのこと？」

一成が不思議そうにたずねると、東は小さくうなずいた。

「そう。なんか雰囲気が王子様っぽいでしょ」

「なんでもいいが、そこで鳴く意味がわからん」

「秘密兵器があるヨ！」

左京の不審《ふしん》げな視線を受けて、シトロンがにっこりと微笑む。

そこからまた順番が回っていき、東がたんと軽い音を立てて牌を倒す。

「……ツモ」

「ちっ、役満《やくまん》か……」

東の役を確認した左京が小さく舌打ちする。

「悪いね」

「またアズーがトップ！」

東が優雅に笑って、渡された点棒《てんぼう》を手元にまとめると、じゃらりと鳴った。

（いつの間にか麻雀部ができてたとは……！）

やけに玄人《くろうと》じみたメンツが揃った麻雀部を、いづみが驚きと共に見つめていると、後ろからすすり泣く声が聞こえてきた。

「うっうっ……！」

「どうしたんですか、支配人？」

振り返ると、支配人が袖《そで》で涙《なみだ》をぬぐっていた。

「在りし日のカンパニーの姿が戻ってきたようで、うれしくて……ううっ」

（そういえば、前もこんな風に泣いてたことがあったような……）

春組の旗揚げ公演が無事大成功に終わって開かれた打ち上げパーティで、同じように泣いていた支配人の姿を思い出す。

「あ！　そうだ！　完成したんだった！」

不意に一成が声をあげた。

「これこれ！」

そう言いながら、ポケットの中からカードの束を取り出す。

「はい、これがロンロン、アズー、フルーチェさんの分！」

東から一枚ずつ抜き取って、シトロン、東、左京にそれぞれに手渡していく。

「そのあだ名どうにかなんねぇのか……」

渡されたカードを素直に受け取りながら、左京が苦虫を噛み潰したような顔でつぶやく。

「えー？　古市ってずっと言ってたら、フルーチェになるし！　フルイチフルイチフルーチフルーチフルーチェ！」

「そういう問題じゃねぇ」

まったく改める気のない一成の態度を見て、左京はため息をついた。

「……これ、何かな？　名札？」

渡されたカードを見つめていた東が、一成にたずねる。

「団員証～。こっちはカントクちゃんとすけっちの分！」

一成はそう言いながら、いづみと支配人にもカードを配った。

「……団員番号0番？　何に使うの？」

カードにはＭＡＮＫＡＩカンパニーの文字とロゴらしきもの、それに団員番号といづみの名前が書かれていた。

「身分証明とか？　免許証の代わり！」

「なるか！」

一成に、すかさず左京が突っ込む。

「とりま冬組まで揃ったんだしさ、なんかおそろで持ちたいじゃん～！」

「なんだそれは」

一成が軽い調子で告げると、左京はあきれたような表情を浮かべた。

「でも、仲間って感じでいいね」

「MANKAIカンパニーのシチリンって感じするヨ！」

フォローするような東の言葉に、シトロンがうなずいて続ける。

「七輪？」

「一員？」

東といづみが揃って首をかしげると、シトロンはにっこりと笑った。

「それダヨ！」

「劇団の一員か。確かにそうだね！　一成くん、ありがとう！」

いづみはシトロンに同意すると、一成に礼を言った。

「どういたしまして！　タクスもどーぞ！」

一成はソファから立ち上がると、ダイニングテーブルで水を飲んでいた丞にも団員証を手渡した。

「……たすく、だ」

言い間違いなのか何なのかわかりにくいあだ名に、丞がぼそりと突っ込みながら団員証を受け取る。

「それから、つむつむひそひそアリリンね！」

一成は紬、密、誉に向かって団員証を差し出した。

「何、その呪文《じゅもん》みたいなの……!?」

「冬組のみんなのあだな～！　みんな、よろ！」

いづみが思わず問いかけると、一成がにっと微笑む。

「つむつむ……」

「……ひそひそ？」

「アリリン……」

（教育テレビのマスコットトリオみたいになってる……！）

紬と密と誉が団員証を手に、一様に戸惑った表情を浮かべているのを見て、いづみは思わず噴《ふ》き出《だ》しそうになるのをこらえた。

「すみーのは特別に三角！」

「わ～い！　さんかく、さんかく～！」

三角形をこよなく愛す夏組の斑鳩《いかるが》三角《みすみ》が、三角形の団員証を受け取って頭上に掲《かか》げる。

「この団員証のＳＩＮＣＥってところ、劇団を設立した年なの？」

ＭＡＮＫＡＩカンパニーの下に小さく書かれた文字を認めて、東がたずねると、支配人が勢いよくうなずいた。

「はい！　私はまだ入団してなかったんですけど、もう二十六年前になりますね」

「ずいぶん歴史があるんだね」

「不思議な逸話《いつわ》もいっぱいあるんですよ」

「逸話？」

少し声のトーンを落とした支配人に、誉が興味を示したように聞き返す。

「劇団七不思議といいまして……」

「そのうちの一つはすみーだったけどね～」

誰もいないはずの二〇三号室から謎の声が聞こえてくるという七不思議の真相は、勝手に寮に住み着いていた三角の仕業《しわざ》だった。

「いえいえ、まだまだとっておきのがあるんです！『無間人形《むげん》』とか、『開かずの間』とか、『まごころルーペ』とか……」

支配人はぶんぶんと手を振ると、指折り数えながら並べ立てた。

「冬にそういう話はちょっと……」

いづみが寒気を感じたように自らの二《に》の腕《うで》を擦《さす》る。

「まあまあ、いいじゃん。気になるし！」

「『無間人形』って？」

一成が面白そうに告げると、東も支配人に聞き返した。

「その昔、仲たがいした二人の劇団員がいたそうで、ある日その二人の元に不思議な人形が届いたらしいんです……。その人形は、二人が仲直りするまで許してくれず、永遠に無間地獄《じごく》をさまよう羽目になったとか……」

「こ、怖《こわ》い……？」

支配人が低いトーンでいかにも怪談《かいだん》風に話すのを、神妙《しんみょう》な面持《おもも》ちで聞いていたいづみが後半で首をかしげる。

「仲直りするまで許してくれないって、怖いんだか怖くないんだかよくわからねぇな」

「むしろいい奴《やつ》ダヨ！」

「たしかに、そうですね」

左京の言葉にシトロンが続けると、紬もうなずく。

「どんな人形なんでしょうか」

怖さが薄《うす》れたのか、いづみがつぶやくと、一成が思いついたように口を開く。

「やっぱ、定番の市松《いちまつ》人形じゃね」

「かかしかもしれないヨ！」

「かかしは人形のカテゴリじゃねぇだろ」

シトロンの発言に、左京が突っ込みを入れる。

「こけしとか？」

「それダヨ！」

東がたずねると、シトロンが大きくうなずいた。

「お人形さん！　会いたい！」

「いや、そういう類の人形じゃないと思う！」

うきうきとはしゃぐ三角に、一成が首を横に振る。

「私も見たことがないのでわかりませんが、仲たがいした人は気をつけてくださいね。みんな仲良く！」

「……ふん。そんなオカルトあるわけないだろ」

幼稚園児《ようちえんじ》に言い聞かせるような支配人の言葉を聞いて、丞があきれたように鼻を鳴らした。

「『開かずの間』っていうのは？」

「その名の通り、開かずの間です」

東の問いかけに、支配人が短く答える。

「ある日、一人の団員の姿が忽然《こつぜん》と消えてしまいまして、探しに行ったところ『開かずの間』に閉じ込められていたとか……」

「どうせ、そいつのでたらめだろ」

丞が一切《いっさい》信じていない様子で告げると、支配人は真剣な表情で否定した。

「いえいえ、閉じ込められたのは一人ではないんですよ。探しに行った団員も一緒に閉じ込められているんです。でも、後で確認すると、二人が閉じ込められた部屋はどこにもなかったという……」

「こ、こわ……！」

さっきとは打って変わった怪談らしいエピソードに、いづみが身震《みぶる》いする。

「二人が口裏を合わせただけだろ」

「そう考えるのが妥当《だとう》だな」

あくまでも冷静な丞の言葉に、左京がうなずいた。

「……『まごころルーペ』は？」

密がぽつりとたずねると、支配人の表情が和《やわ》らいだ。

「あ、これはそんなに怖くないですよ。小道具に紛《まぎ》れ込《こ》んでいた不思議なルーペを使うと、相手の本心が聞こえるようになるんです！」

「どっかの猫型《ねこがた》ロボットの道具みたいだな」

左京があきれたようにつぶやくと、いづみが笑みを漏らす。

「そんなものがあったら、面白いですね～」

「……うん」

「まさか。そんなもの、あるわけがないだろう」

密がいづみに同意したのに対して、誉は肩をすくめた。

「誉さんは意外とリアリストなんですね」

詩人という職業といい、少し浮世離《うきよばな》れした発言といい、リアリストとは相反《あいはん》する印象だったけに、心底意外そうにいづみが告げる。

「そういう類の話は信じない性分《しょうぶん》なのだよ。特に『まごころルーペ』なんて、そんな都合のいいもの……」

「夢があっていいと思いますけどね」

肩をすくめる誉に、いづみは微笑んだ。

第3章 タイマンACT

「それじゃあ、エチュード練はこのくらいにして――」

午後の稽古《けいこ》が始まって三十分ほどしたところで、いづみはエチュード練を止めた。

（そろそろ未経験者組もこなれてきたことだし、人前で芝居《しばい》をすることに慣れた方がいいかな……）

次のメニューに思いを巡《めぐ》らせたいづみは、次の言葉を待って自分を見つめる冬組《ふゆぐみ》メンバーににっこりと笑った。

「この後はビロードウェイでストリートＡＣＴにしましょう！」

いづみの提案を聞いた丞《たすく》が表情を曇《くも》らせる。

「ストリートＡＣＴか……」

（なんだか気乗りしない様子だな……）

怪訝《けげん》に思った直後、丞の心情に思い至る。

「あ、そうか。もしＧＯＤ座《ゴッドざ》の人に見られたら――」

ＧＯＤ座に比べたらＭＡＮＫＡＩカンパニーは規模も小さく、知名度も低い弱小劇団だ。

それを知られることは丞にとって本意ではないかもしれない、と慮《おもんぱか》るようないづみに丞が首を横に振《ふ》った。

「いや、いずれわかることだ。隠《かく》れててもしょうがないしな。行こう」

丞は言うなり、上着を取って稽古場のドアへ向かった。


週末のにぎわうビロードウェイの一角で、冬組メンバーによるストリートＡＣＴが始まる。経験豊富でブランクの少ない丞がリードする形で、口火を切った。

『待ってください、雪白《ゆきしろ》課長！』

丞は全速力で走ってきたように息を切らせながら東《あずま》を呼び止めると、首元のネクタイをゆるめるような仕草をした。

振り返った東がいぶかしげに目を細める。

『さっきの取引を停止するっていう話、どういうことですか!?』

丞のセリフを受けて、東が小さくため息をついた。

『どうもこうもない。キミの会社とはもう取引しない。そういうことだよ』

『そんな――！』

丞が愕然《がくぜん》とした表情で東を見つめる。

（東さんも最初の時よりも基礎《きそ》ができてきた分、うまく返せるようになってきたな）

　サラリーマン同士のもめ事といった芝居を繰《く》り広《ひろ》げる丞と東を見つめていたいづみの向かい側に、一人の小柄《こがら》な青年が唖然《あぜん》とした表情で立ち止まった。

（あ、あの人……）

　いづみの脳裏《のうり》に、何度か会ったことのあるGOD座の団員、晴翔《はると》の名前が浮かぶ。

『もう一度話を――』

「ウソ、本当に丞!?　なんでこんな弱小劇団に!?」

　丞のセリフを遮《さえぎ》って、晴翔の驚《おどろ》いたような声が辺りに響《ひび》き渡《わた》った。

「晴翔……」

　丞が嫌《いや》な奴《やつ》に見つかったとばかりに顔をしかめると、晴翔が口元に嘲《あざけ》るような笑《え》みを浮かべた。

「MANKAIカンパニーに転《ころ》がり込むなんて、プライドないの？」

「ちょっと、キミ――」

　いづみが思わず止めようとするも、晴翔は意にも介《かい》さず先を続ける。

「GOD座から弱小劇団とは、落ちぶれたね、丞。僕なんかGOD座のトップだよトップ」

「……うるさいぞ、山田弦太《やまだげんた》」

　得意げな晴翔に、丞がぼそっと言い返すと、晴翔の表情が固まった。

「山田……？」

「……弦太」

いづみに続いて、密《ひそか》が晴翔の本名らしき名前を繰《く》り返《かえ》すと、晴翔の顔が真っ赤に染まる。

「何いうんとんじゃ、コラ！　あんまりいちびってると、いてまうどワレ！」

不意に晴翔の口から飛び出したガラの悪い言葉に、いづみが目を丸くする。

（だ、誰《だれ》……？）

「ふむ、『いちびってると、いてまうどワレ』か……。今までワタシのボキャブラリーにはなかった言葉だ」

「おどれら、とかもつけてみたらどうかな」

感心したようにつぶやく誉《ほまれ》に、東がのんびり提案すると、晴翔がはっと我に返ったように口をつぐんだ。

「方言が出てるぞ」

「う、うるさい！　その名前で呼ぶなって言っただろ！」

冷静に指摘《してき》する丞に晴翔が噛《か》みついた時、ゆったりとした足取りで男が近づいてきた。

「……晴翔。道の真ん中でそう騒《さわ》ぎ立《た》てるものじゃない」

現れた長髪《ちょうはつ》の男を見て、晴翔がバツの悪そうな表情を浮かべる。

（GOD座の神木坂《かみきざか》レニ……）

いづみは心の中で苦々しげに男の名をつぶやいた。

GOD座の主宰《しゆさい》を務める神木坂レニは、以前MANKAIカンパニーを潰《つぶ》すべく、太一《たいち》をスパイとして秋組《あきぐみ》に送《おく》り込《こ》んできた。結果的に旗揚《はたあ》げ公演は成功に終わり、太一もMANKAIカンパニーの一員として迎《むか》え入《い》れられたものの、レニのしたことは到底《とうてい》許せるものではなかった。

「どうやら、新生冬組も無事に立ち上げたようだね」

「……おかげさまで」

優雅《ゆうが》な笑みを浮かべるレニに、いづみは刺々《とげとげ》しく返す。

（この人、あれだけスパイを送ったり嫌がらせしておいて、よく平気な顔してられるな）

トラブル続きで大変だった旗揚げ公演の苦労や、自らの罪に苦しんだ太一のことを思い返して、いづみが顔をしかめる。

「……お久しぶりです」

丞が硬《かた》い表情で挨拶《あいさつ》をすると、レニは今初めて気が付いたというように、丞を見た。

「おや、誰かと思えば。お前が冬組リーダーというわけか。裏切者《うらぎりもの》」

「リーダーはこいつだ」

丞が紬《つむぎ》の方へ顎《あご》をしゃくると、紬がびくりと肩《かた》を震《ふる》わせた。

「おや……？　君はいつかの……」

紬の姿を認めたレニの目が細められる。紬はレニの視線に委縮したように、身を縮こまらせた。

（紬さんもGOD座と何か関係があるのかな……？　でも、怯《おび》えてるみたいだけど……）

心配げに紬を見つめるいづみに、レニの視線が向けられた。

「どうやら、MANKAIカンパニーさんはうちの団員を拾い集めるのが好きらしい」

揶揄《やゆ》するような笑みを浮かべるレニを、いづみがいつになく厳しい表情で見返した。

「丞さんも太一さんも、今は立派なうちの団員です。文句をつけられる筋合いはありません」

「勇ましい総監督《そうかんとく》さんだ。しかし、うちの団員を二人も奪《うば》った落とし前はしっかりつけてもらうよ」

レニの口元が弧《こ》を描《えが》いた。一見あくまで優雅で慈愛《じあい》に満ちた笑顔《えがお》だったが、目は笑っておらず、底知れぬ怒《いか》りや憎《にく》しみがにじみ出ている。

いづみが一瞬《いっしゅん》怯《ひる》んだ時、レニが大きく息を吸《す》い込《こ》んだ。

「GOD座は、MANKAIカンパニーにタイマンACTを申し込む！」

ここが劇場なら、二階席の一番後ろまで優に届きそうな張りのある声が響き渡った。レニの高らかな宣言に、いづみたちだけでなく、周囲の通行人までが一瞬足を止めてレニの方を見た。

「タイマンACTだと……？」

「GOD座と……」

呆然《ぼうぜん》とする丞と紬を、誉が不思議そうに見つめる。

「何かね、それは？」

「ストリートACTなら聞いたことがあるけど……」

首をかしげる東の隣《となり》で、密がこっくりこっくりと舟《ふね》をこいでいた。

「のんきな奴らだな」

密の方を見ながら、丞があきれたようにつぶやく。

「タイマンACTは同じ客に対して公演を行って、どちらの公演が良かったか、客の投票で勝敗を決める勝負のことです」

「客は抽選《ちゆうせん》で選ばれるからごまかしは利《き》かない。劇団同士の真剣《しんけん》勝負だ」

硬い表情で説明する紬の言葉に、丞が付け加えた。

「負けた方はどうなるの？」

「通常、条件はどちらかが提示して取り決めるが……」

丞は東の質問に答えながら、ちらりとレニを見やった。

「条件はもう決めてあるよ」

レニは相変わらず優美な笑みを貼り付けたまま、告げた。

「GOD座が負けたら、次回公演分の売上をすべてMANKAIカンパニーに譲渡《じようと》しよう」

「売上を⁉」

レニの提案を聞いて、いづみが声をあげる。

「たしか、多額の借金で困窮《こんきゅう》しているんだったな？」

すべてを見透《みす》かすようなレニの視線を受けて、いづみが、ぐっと言葉を詰《つ》まらせる。

（正直魅力的《みりょくてき》だ……！）

冬組の旗揚げ公演を成功させることは、MANKAIカンパニー存続のための条件の一つだが、その条件をクリアしたところで借金が帳消しになるわけではない。あくまでも債《さい》権者《けんしゃ》の左京《さきょう》が劇団を潰すことはしない、というだけのことだ。今後も借金返済のために、綱渡《つなわた》りの運営を続けていかなければならないことに変わりはない。

レニはいづみの葛藤《かっとう》を面白《おもしろ》がるように、たっぷりと間を空けた後、口を開く。

「逆に、GOD座が勝ったら、MANKAIカンパニーは即《そく》解散してもらう」

「ええ⁉」

突《つ》き付《つ》けられた条件に、いづみが悲鳴をあげる。

「解散が条件だなんて……」

「バカバカしい。そんな勝負、受ける必要はない」

紬が愕然としていると、丞があきれたように首を横に振った。

「しかし、キミたちはこの期待を裏切るのか？」

レニは丞の言葉を予想していたかのように、落ち着き払った態度で両腕《りょううで》を広げた。

「え……？」

辺りを見回したいづみの目に飛び込んできたのは、いつの間にか自分たちの周りに集まっていた通行人たちの好奇《こうき》の視線だった。

「GOD座がタイマンACTだって」

「相手どこ？」

「やばい、楽しみ！」

「相手のMANKAIカンパニーって？　聞いたことない」

「絶対観に行きたい！」

無邪気《むじゃき》にはしゃぐ声や、期待に満《み》ち溢《あふ》れた目がいづみたちを取り囲む。

（このままだと、勝負するっていうウワサが広まっちゃう……）

今更《いまさら》否定したところで、人の口に戸は立てられない。

「このために、わざとここで宣言したんですね……」

紬が、きゅっと口を引き結んでレニを見つめる。

「――ちっ」

「なるほど。考えたものだ」

丞が舌打ちすると、東も表情は穏《おだ》やかなものの、その目に非難の色を宿していた。

「猶予《ゆうよ》をやろう。一週間後、答えを聞かせてもらう」

レニが絶対的勝者の笑みを浮かべながら、いづみを見下ろす。

「どーせ、尻尾《しっぽ》まいて逃《に》げるんだろうけど」

「それならそれで劇団の評判を落とすだけだ」

晴翔が揶揄すると、レニはそれすらも計算の上だとばかりに告げた。

(ひどい。こんなやり方……!)

いづみはレニを睨《にら》みつけながらも、何も言い返せなかった。

「せいぜい、考えたまえ」

レニはそう言い捨てると身を翻《ひるがえ》し、晴翔を伴《ともな》って悠々《ゆうゆう》と去っていった。

「……どうするんだい?」

誉の問いかけに、丞がため息をつく。

「劇団全体に関わることだ。俺たちだけで決めるわけにはいかないだろ」

「そうだね。あまりにも分《ぶ》が悪い勝負だし」

東が同意する横で、紬は青ざめた表情で黙《だま》っていた。

「とにかく、みんなと相談しましょう」

いづみが硬い表情で促《うなが》して寮《りょう》に向かって歩きだすと、メンバーの中で一人密が立ち止まっていた。

「……すぅすぅ」

「相変わらず緊張感《きんちょうかん》がないね」

うつむいた密の口元から寝息《ねいき》が聞こえてくるのを確認《かくにん》した誉は、やれやれとばかりに肩をすくめて密の脇腹《わきばら》をつついた。


その日の夜、談話室に全団員を集めたいづみは、レニから突き付けられた挑戦状《ちょうせんじょう》のことを伝えた。

「……というわけで、みんなの意見を聞きたいの」

硬い表情でそう話を結ぶと、つかの間重苦しい沈黙《ちんもく》が落ちる。

「ＧＯＤ座とタイマンＡＣＴ……」

「また、えらいところからケンカをふっかけられたな」

春組《はるぐみ》リーダーの佐久間咲也《さくまさくや》が呆然とした表情でつぶやくと、万里《ばんり》が眉《まゆ》を上げる。

「……そのＧＯＤ座の売り上げとやらはどの程度なんだ。それにもよるだろう」

「あ、それは聞きませんでした」

左京の冷静な言葉を聞いて、いづみが失念していたとばかりに口に手をあてる。

「大体、毎回一〇〇〇万以上です」

「一〇〇〇万⁉」

丞があっさり答えると、いづみは素《す》っ頓狂《とんきょう》な声をあげる。

「経費を引けば、利益はもっと減りますけど」

丞は控《ひか》え目《め》に続けるが、それでもMANKAIカンパニーの売り上げと比べたら雲泥《うんでい》の差《さ》だ。

「しゃ、借金が返せます～！　演劇の神様は我らを見放さなかった！」

「いやいや、負けたら解散なんでしょ」

両手を組んで天を仰《あお》ぐ支配人に、慌《あわ》てたように綴《つづる》が突っ込む。

「リスクが高すぎる……」

「でも、どっちにしろ借金返せなかったら解散なわけじゃん」

臣《おみ》が低くつぶやくと、夏組《なつぐみ》の瑠璃川幸《るりかわゆき》がばっさりと切り捨てる。

左京の条件をクリアして一時は劇団解体を免《まぬが》れたとしても、借金が返済できなければ、いずれは劇場を借金のかたに取られてしまう。そうなれば、劇団存続は難しい。

「たしかに、そう考えるとここでがんばるっていうのはいいかもしれません」

咲也も前向きに幸の言葉に同意した。

「他に借金返す方法は？」

「年明けからの地方公演の計画を立ててはいるが、正直今の収支予測では、期限までの返済はかなり厳しい」

春組の碓氷真澄《うすいますみ》の問いかけに、左京が淡々《たんたん》と答える。

「っていうことは、つまり……」

「……選択肢《せんたくし》なしか」

椋《むく》の言葉に十座《じゅうざ》が唸《うな》るように続けた。

「ただ、やるかやらないかは、お前ら冬組が決めるべきだ」

左京はそう告げると、冬組リーダーである紬に視線を向けた。紬が怯むように視線を落とす。

「もしやるなら、全力でサポートします！」

咲也が両手を握《にぎ》り締《し》めて意気込《いきご》むと、夏組リーダーである皇天馬《すめらぎてんま》もそれに続いた。

「オレたち全員に関わる問題だからな」

「なくなってもらっちゃ困るし」

万里も口調は軽いものの、真剣な表情でそう告げた。

「おい、どうすんだ？」

うつむいて押《お》し黙《だま》ったままの紬を丞がせっつくと、紬がようやく顔を上げた。

「俺は……」

ためらうようにそれきり黙ってしまう紬を見て、丞はあきれたようにため息をついた。

「入団早々重責だね」

「ワタシはこの状況《じょうきょう》ではやるしかないと思うがね」

やるともやらないとも言わない東に対し、誉はすっぱりと自分の意見を表明する。

「御影《みかげ》は――」

と、丞が首を巡らせると、密の瞼《まぶた》はしっかり閉じていた。

「……ぐーすぴー」

「まあ、寝《ね》てるだろうね」

密を見てまたため息をつく丞に、誉が肩をすくめてみせた。

冬組メンバーの中でも意見がまとまらない様子を、いづみはじっと硬い表情で見つめていた。

劇団を存続させるには、この勝負を受けて、勝つしかない。しかし、それで負けたら、劇団がなくなるのが冬組の責任みたいになってしまう。たとえ、他の団員がそう思わなかったとしても、責任を感じてしまうのは当然だろう。

（勝算がゼロなら、勝負を受けるべきじゃない……でも、もし勝算が万に一つでもあって、冬組のみんなの気持ちが一つになれるなら――）

いづみの視線の先には、うつむいたままの紬がいた。

「まだ、一週間の猶予があります。よく考えましょう」

「……はい」

いづみが励《はげ》ますように紬の肩にそっと触《ふ》れると、紬はか細い声で返事をした。


「それじゃあ、今日の稽古はこのくらいにします」

夜稽古をそう締《し》めくくったいづみは、紬の方へ目を向けた。

「紬さん、何かありますか？」

紬はぼうっと壁《かべ》を見つめたまま、いづみの問いかけに何の反応も示さない。

「紬さん？」

「――あ、すみません」

紬ははっとしたように、頭を下げた。

（タイマンACTの話を聞いて以来、ぼんやりしてる。やっぱり悩《なや》んでるのかな……）

稽古にも身が入らない様子を思い返して、いづみが表情を曇らせる。

「ミーティングは？」

丞がやや強い調子でたずねると、紬はおどおどと視線をさまよわせた。

「え、ええと、どうしよう……」

「リーダーなんだからお前が仕切れよ」

「えっと……」

急《せ》かされた紬が困り顔でうつむくと、丞はイライラした様子で首を横に振《ふ》った。

(とりあえず、冬組のこの状態はまずいよね……一緒《いっしょ》に生活したり、買い物に行ったりして少しは仲良くなれるかと思ったけど、全然変わってない)

紬と丞の関係は、入団当初から平行線をたどっている。丞は紬にだけ特別あたりがきつく、紬もそれに反発するでもなく委縮するばかりで、お互《たが》いに歩み寄ろうという姿勢が見られない。

「まあ、特にないならいいんじゃないかな。これで。ボクも少し疲《つか》れちゃったし」

「ワタシも詩を書かなくては。では、失礼するよ」

東と誉はあっさりとそう告げると、帰《かえ》り支度《じたく》を始めた。

「……すぅすぅ」

「ほら、歩きたまえ、密くん」

寝息を立てている密の背中を押して、誉が稽古場を出ていく。

(やっぱり、冬組としてまとまってないような今の状態で勝負を受けるなんて無理だ……)

いづみはあくまでもそれぞれのペースを崩《くず》さず、団結する気配のない冬組メンバーの姿を見つめて、唇《くちびる》を嚙《か》み締《し》めた。

それから話し合いは何も進まないまま日々が過ぎ、レニに告げられた期限は、残り一日と迫《せま》っていた。

（明日が約束の一週間か……今日の稽古が終わったら、どうするか決めないと）

いづみは考え込むように紬と丞の顔を見比べた。

（紬さんは相変わらず落《お》ち込《こ》んでるし、丞さんはイライラしてるし、状況は何も変わってない）

覇気《はき》がなくどこかぼんやりとしている紬に対して、丞は近寄りがたい空気をまとっている。

「紬くん、元気を出したまえ。ワタシがキミのために詩を考えてきたよ」

「……え？」

唐突《とうとつ》に肩を叩《たた》かれて、紬がぽかんとした表情を浮かべる。

「ん、ん～遙《はる》かなるモンタージュ、繰り返すデカンタージュ……青春の淡《あわ》きメモリー、消えゆくセオリー、溜《た》め込《こ》むカロリ～」

りと見る。

天井《てんじょう》を仰ぎ情感たっぷりに自作の詩を暗誦《あんしょう》すると、自信に満ち溢れた表情で紬をちら
「どうかな？」

「……え、ええと」

（これはコメントできない……！）

困り果てた様子の紬の心中を、いづみが察する。

「誉の詩は独創的だね。韻《いん》を踏《ふ》んでて面白いよ」

「そうでしょう」

その場にいた誰もが口ごもっている中、東が笑みを浮かべながらほめた。

（さすが、元添《そ》い寝屋《ねや》さんは懐《ふところ》が深いな……）

物は言いようだといづみが感心していると、気を良くした誉が紬の肩をぽんぽんと軽く
叩いた。

「紬くん、落ち込んだ時はこれを思い出して、元気を出すといい」

「ありがとうございます……」

（誉さんも誉さんなりに、紬さんのこと心配してたんだな）

やり方に難はあれど、その気持ちは紬に確実に届いただろう。いづみも表情を和《やわ》らげる。

と、いづみの耳に聞き慣れた寝息が聞こえてきた。

「……すぅすぅ」

「密さん、朝練始めるから起きて！」

稽古場のドアの前でマシュマロの袋《ふくろ》を抱《だ》きかかえたまま寝ている密に声をかけると、背中を押して東の横に並ばせる。

「マシュマロの袋を抱きしめたまま寝てるんだ？」

「最近はつつこうとしても、避《よ》けられてしまってね。新しい方法を編み出したんだ」

面白《おもしろ》そうに問いかける東に誉がうなずいて、密のマシュマロの袋に手を伸《の》ばす。

「このマシュマロを一つ取り出して顔の上に落とすと……」

そう言いながらマシュマロを落とした瞬間《しゅんかん》、密の目と口がうっすらと開いた。

「……ぱく」

「食べた……！」

器用に空中のマシュマロを口でキャッチしてもぐもぐと飲み込む様子を見て、いづみが声をあげる。

「これで少し起きるんだよ」

得意げに誉が言った直後、密の瞼が重力に負けた。

「……すぅすぅ」

「また寝ちゃうんじゃ、意味ないじゃないですか！」

「そこが難点なんだ」

いづみの突っ込みを受けて、大真面目にうなずく。

「やってみてもいいかな」

東はそう言うと、マシュマロを一つつまみ上げて、密の顔の上に落とした。

「……ぱく」

(すごいマシュマロへの執念《しゅうねん》だ……)

一寸《ちょっと》の狂《くる》いもなくキレイにマシュマロが口の中に消えていくのを見て、いづみは感嘆《かんたん》した。

「くすくす。面白いね」

東が笑みを浮かべていると、丞があきれたようにため息をついた。

「お前ら、いい加減にしろ。時間のムダだ。稽古はじめるぞ」

「あ、そうですね。ほら、みんな準備体操始めて」

丞の指摘を受けて、いづみが慌てたように指示をする。

「おっと失礼」

「ごめんごめん」

東と誉が軽く謝《あやま》りながら柔軟《じゅうなん》を始めると、丞の視線は紬の方に移った。

「このくらい、お前が仕切れよ」

「……ごめん」

さっきよりも刺《とげ》のある口調で責められて、紬が視線を床《ゆか》に落とす。

（この二人は相変わらず険悪なムードだな……稽古の間もこのムードをひきずってどうしても掛《か》け合《あ》いがうまくいかない感じがする。どうしたらいいのかな……）

二人のやり取りを見ていたいづみは、思案顔で腕《うで》を組んだ。


「それでは、今日の稽古はこれで終わりにします」

その日のメニューを終えると、いづみは紬に声をかけた。

「紬さん、この後はミーティングでタイマンACTの件について相談しましょう」

「……はい」

紬は覚悟《かくご》していたかのように、神妙《しんみよう》な面持《おもも》ちでうなずいた。

「……すぅすぅ」

「密さん、大事な話だから起きて！」

いづみが寝息を立てる密に声をかけると、誉がすかさず密の抱《かか》えているマシュマロの袋から、一つつまみ上げる。

「ワタシがマシュマロを定期的に供給するよ」

「お願いします！」

いづみはマシュマロの投下と共に密が覚醒《かくせい》したのを確認すると、他のメンバーの顔を見回した。

「勝負を受けるかどうか決める期限は明日だよね」

「どうするんだい？」

東が改めて確認すると、誉が首をかしげる。

「……劇団の借金返済のためには、タイマンACTの勝負を受けるのもいいと思います」

紬は慎重《しんちょう》に言葉を選ぶように告げると、視線をさまよわせた。

「ただ、俺なんかがリーダーで主演じゃ、やっぱり勝つのは無理だと……俺じゃなくて、丞なら……」

定まらなかった視線が丞の方へ向けられると、丞が眦《まなじり》を吊《つ》り上《あ》げた。

「お前な――！　一度負った責任を投げ出すのかよ！」

「でも、俺には役者としての才能が……」

「でもじゃない！　お前、いつまで引きずってんだ！」

自信なげな紬に、丞が語気を荒《あら》らげる。その勢いに気圧《けお》されるように、紬が口をつぐんだ。

「落ち着いてください、丞さん！」

「ケンカは無意味だ。やめたまえ」

いつになく強い調子で紬に詰め寄《よ》る丞を、いづみと誉がなだめる。

「まあ、紬の気持ちもわかるよ」

東がフォローするようにやんわりと告げたが、紬は暗い表情でただうつむいていた。

「……そうやってまた、役者の道も投げ出すんだろ。俺はそんな無責任な奴と一緒の舞台《ぶたい》には立ちたくない」

丞は吐《は》き捨《す》てるように告げると、踵《きびす》を返し稽古場のドアへ向かった。

「丞――」

紬の呼びかけをかき消すように、乱暴にドアが閉じられた。

「話し合いはまた後で改めた方がよさそうだね」

「……すみません」

誉に向かって紬が頭を下げる。その表情は痛みを耐《た》えるかのように、苦しげだった。

(紬さん、つらそうだな……そうだよね。入団してからまだ間もないし、リーダーになったばっかりで、こんな重い責任……)

いづみは唇を噛み締めると、勢いよく頭を下げた。

「私の方こそ、ごめんなさい。いっぱい背負わせすぎちゃってました。タイマンACTは辞退しましょう」

一息にそう言い切ると、東がうなずく。

「ボクもそれがいいと思う。力になれなくてごめんね」

「紬くん、気持ちを切り替えるのだ！　新しい金策ならワタシが考えてみせよう！」

「……マシュマロ、食べる？」

誉が紬を励ますと、密もマシュマロを紬に差し出した。

「……ありがとう」

密のマシュマロを受け取った紬はわずかに笑みを浮かべるも、すぐに表情を曇らせた。

「でも、俺に、覚悟がないのがいけないんです。すみません」

「紬さん……」

いづみたちが心配げに見つめる中、紬は小さく頭を下げて稽古場を出ていった。

「気持ちを切り替えるには、時間が必要そうだね」

「そうですね……」

いづみは紬が出ていったドアを見つめながら、東の言葉にうなずいた。


冷たい夜風が吹《ふ》き抜《ぬ》ける中庭のベンチに、紬が座《すわ》っていた。冷えた指先を温めるように両手を組み、視線を落とす。。

紬の脳裏に『一緒の舞台には立ちたくない』という丞の言葉がよみがえる。なんでこうなってしまうのか、紬はやり切れない思いでそっと瞼を閉じた。

丞を怒《おこ》らせたいわけではない。自分はただ、もう一度丞と――紬がそんなことを考えていた時、不意に頭に柔《やわ》らかい何かがぶつかった。

落下物は紬の頭に跳《は》ね返《かえ》った後、足元に落ちる。

暗がりに目を凝《こ》らすと、水色のぬいぐるみが落ちていた。

「……ぬいぐるみ？　誰かが窓から落としたのかな……」

猫《ねこ》だか犬だかクマだかわからないようなぬいぐるみを拾い上げて、まじまじと見つめる。

「……かわいい」

ぽつりとつぶやくと、胸に抱《だ》き込《こ》んだ。柔らかな感触《かんしょく》が妙《みょう》に落ち着き、ほっと息をつく。

「昔みたいに、丞と話したいな……」

ぽつりと、滑《すべ》り落《お》ちるように紬の口から本音が漏れた。その瞬間、辺りをまばゆい光が包む。

驚いて周りを見回すも、閃光《せんこう》は一瞬だけで中庭は何事もなかったかのように静まり返っていた。

「何だろう、今の光……」

気のせいだったのだろうかと、首をかしげる。

そして、手元のぬいぐるみに視線を戻《もど》すと、団員の誰かであろう持ち主に思いを巡らせた。

第4章 同じ朝

翌朝、紬《つむぎ》は柔《やわ》らかいものが顔面にぶつかる感触《かんしょく》で目を覚ました。

焦点《しょうてん》の合わない目が、至近距離《きょり》にあるふわふわの物体をぼんやりと見つめ、やがて昨晩落ちてきたぬいぐるみだと認識《にんしき》したのか、一つ瞬《まばた》きをする。

紬が朝食の時にでも持ち主を探そうと考えながらベッドを下りた時、先に身支度《みじたく》を済ませていた丞《たすく》と目が合った。

「おはよう、丞」

おずおずと声をかけると、丞は何も言わずに視線をそらし、部屋を出ていってしまった。

昨日の丞の刺々《とげとげ》しい声が紬の脳裏《のうり》によみがえる。やはりまだ怒《おこ》っているのかと、暗たんたる気持ちでため息をついた。

紬は浮《う》かない表情で身支度を済ませると、重たい足取りで朝練へと向かった。

「おはようございます」

集合時間ぴったりに稽古場《けいこば》のドアを開けると、紬以外のメンバーが全員揃《そろ》っていた。

「おはようございます！」

明るく紬に声をかけるいづみに続き、誉《ほまれ》が訳知り顔で紬の肩《かた》を叩《たた》く。

「紬くん、元気を出したまえ。ワタシがキミのために詩を考えてきたよ」

昨日と同じセリフを耳にして、紬が少し驚《おどろ》いたようにぽかんと口を開ける。

「おい、またかよ」

丞も同じ気持ちだったのか、うんざりしたような表情でつぶやいた。

「詩人が詩を書くのは呼吸するのと同じなのだよ。では、紬くんに捧《ささ》ぐ詩……」

丞にそう言い返して、誉が喉《のど》の調子を確かめながら暗誦《あんしよう》し始める。

「ん、ん～遙《はる》かなるモンタージュ、繰《く》り返《かえ》すデカンタージュ……青春の淡《あわ》きメモリー、消えゆくセオリー、溜《た》め込むカロリ～……どうかな？」

「え？　ええと、ありがとうございます……」

昨日と同じだけど、という言葉を飲み込んで、紬が律儀《りちぎ》に礼を言う。

「昨日と同じだろ」

紬の代わりに丞があっさり口に出した。

「失礼な！　これは今朝の新作だよ」

「新作？」

憤慨《ふんがい》した様子の誉を見て、紬が怪訝《けげん》な顔をする。

「誉の詩は独創的だね。韻《いん》を踏《ふ》んでて面白《おもしろ》いよ」

「そうでしょう」

誉は紬の反応を気にも留《と》めず、東《あずま》の言葉に気を良くしていたが、そのほめ言葉までもが昨日とそっくり同じだった。紬が眉根《まゆね》を寄せると、丞も不可解そうに声をあげた。

「おいおい、早くもぼけたんじゃないよな」

「何を言うのかね！　ワタシの頭は二十四時間冴《さ》え渡《わた》っているよ！」

誉はむっとした表情で丞に反論するも、丞が何故《なぜ》そんなことを言ってきたのかまでは思い至らないらしく、紬にくるりと向き直った。

「紬くん、落ち込んだ時はこれを思い出して、元気を出すといい」

紬は奇妙《きみょう》な違和感《いわかん》の正体を見極《みきわ》めるように、じっと誉を見つめた。しかし、誉はその視線の意味にも気づかない様子で、ニコリと微笑《ほほえ》む。

「……すぅすぅ」

「密《ひそか》さん、朝練始めるから起きて！」

寝息《ねいき》を立てている密を、昨日と同じようにいづみが起こす。

「マシュマロの袋《ふくろ》を抱《だ》きしめたまま寝《ね》てるんだ？」

「最近はつつこうとしても、避《よ》けられてしまってね。新しい方法を編み出したんだ。このマシュマロを一つ取り出して顔の上に落とすと……」

東も誉も同じやり取りを繰り返し、密も同じように空中のマシュマロをぱくりと飲み込んだ。

「食べた……！」

感動しているいづみを見て、丞が顔を顰《しか》める。

「おい、それ、昨日もやっただろう」

「さっきから何を言ってるのかね」

心底何を言っているのかわからないといった様子で、誉が首をかしげる。

「だから、昨日も——」

「もしかして、デジャブっていうやつじゃないかな？」

丞が繰り返そうとすると、東が思いついたように口を開いた。

「ああ、初めて見たはずなのに前に見たことがある気がするっていうの、ありますよね！」

「デジャブ……？」

いづみが同意すると、丞が考え込むように視線を落とす。

そのやり取りを黙《だま》って見ていた紬は、心の中でその仮説を否定した。ただのデジャブなら、丞と同じように紬が感じるはずはない。

直後、はっとした表情を浮かべる。

「ちょっとすみません」

紬はそう断ってスマホを取り出すと、スリープを解除した。

「スマホ？　電話でも来たの？」

「いえ――」

いづみの問いかけに短く答えながら、スマホの画面を確認《かくにん》した紬の表情が凍《こお》り付く。

画面に表示されていた日付は昨日と同じものだった。

「丞、見て」

そっと丞にスマホの画面を向ける。

「なんだよ？」

「いいから、日付見て」

怪訝そうな丞に、紬がそう言《い》い募《つの》ると、ようやく丞が画面を確認した。と、同時に目を見開く。

「お前まで――みんなして、からかってるのか？」

驚《おどろ》きの表情が、怒《いか》りに変わっていくのを見て、紬は静かに首を横に振る。

「違《ちが》うよ」

「お前のスマホが壊《こわ》れてるだけだろ。俺のはちゃんと――」

そう言いながら自分のスマホを確認した丞の言葉が、不自然に途切《とぎ》れた。

「……どう？」

「昨日の日付になってる」

愕然《がくぜん》とした表情でスマホの画面を見つめている。

「カントク、今日何日ですか？」

「今日？　十二日でしょ？」

紬が問いかけると、いづみはあっさりスマホと同じ日付を答えた。

「十三だろ？」

「十二だよ。間違《まちが》いない」

丞が確認するように聞き返すと、今度は東が答える。

紬は、とてもふざけているようには見えない二人の表情を確認して、憶測《おくそく》が確信に変わっていくのを感じた。

「稽古は一旦休憩《いったんきゅうけい》だ。おい、紬」

丞が稽古場のドアの方を顎《あご》でしゃくると、紬は小さくうなずいた。


「丞、これってもしかして……」

談話室へ場所を移動するなり、紬は思案顔で口を開いた。

「言うな。そんなわけない。明らかに集団で俺たちを騙《だま》してる」

丞も紬と同じことに思い至ったのか、紬の言葉を察した上で否定する。

「テレビをつけりゃわかるだろ」

そう言いながら、リモコンの電源ボタンを押した。間もなくディスプレイにニュース番組が映し出される。

「十二日土曜日朝のニュースです」

アナウンサーが淡々《たんたん》と告げると、丞が息を呑《の》んだ。

「どっきりだとしたら、大分手が込《こ》んでるね……」

引きつったような笑《え》みを浮かべて紬が告げると、丞はテレビ画面をじっと睨《にら》みつけた。

「……俺は信じないぞ」

「こんな不思議なことがあるんだね」

信じたくない、といった様子の丞をなだめるように紬がぽつりとつぶやく。

「とりあえず、稽古戻《もど》ろうか」

紬がそう促《うなが》すと、丞は小さく息をついてうなずいた。

「……そうだな」


その後の稽古の内容も昨日とまったく同じものだった。紬と丞以外は昨日と同じ行動をまったく疑問に思わないまま繰り返す。

「それでは、今日の稽古はこれで終わりにします。紬さん、この後はミーティングでタイマンACTの件について相談しましょう」

「……はい」

稽古終わりにいづみに声をかけられた紬は、意識するでもなく昨日と変わらない返事をした。昨日を繰り返す他のすべてと同じように、紬の考えも変わらないままだった。

「劇団の借金返済のためには、タイマンACTの勝負を受けてみてもいいかもしれません。ただ、俺なんかがリーダーで主演じゃ、やっぱり無理だと思います」

同じ答えを口にする紬を、丞が厳しい目で見つめる。

「俺はお前みたいな無責任な奴《やつ》と一緒《いっしょ》の舞台《ぶたい》には立ちたくない」

昨日のように声を荒《あら》らげることはなかったが、丞の答えも変わらなかった。稽古場を出ていく丞の背中を見送って、紬が表情を曇《くも》らせる。

「話し合いはまた後で改めた方がよさそうだね」

「紬さん、ごめんなさい。いっぱい背負わせすぎちゃってました。タイマンACTは辞退しましょう」

「いえ……」

紬はいづみに向かって首を横に振ると、昨日とは違う理由でため息をついた。

昨日をやり直したところで、結果は何も変わらない。それが紬には辛《つら》かった。

その夜、紬はベッドに寝転《ねころ》がったまま暗い天井《てんじょう》をぼんやりと見つめていた。隣《となり》のベッドに丞の気配は感じるものの、寝息は聞こえない。

結局その日は、昨日をそっくりそのまま写し取ったような一日だった。眠《ねむ》って目が覚めたら、明日は本当に『明日』になっているのか、紬にはわからなかった。

ふと寝返りをうった時、枕元《まくらもと》に置いたままのぬいぐるみに触《ふ》れた。

違和感を覚えて、ぬいぐるみをじっと見つめる。昨日中庭でベンチに座《すわ》っている時に落ちてきたぬいぐるみは、今日はずっとベッドの枕元に置かれたままだ。紬と丞を除けば、このぬいぐるみだけが昨日とは違うということになる。

その意味を考えるようにぬいぐるみを凝視《ぎょうし》するが、ぬいぐるみは間の抜《ぬ》けた表情で転がっているだけだった。

「……寝たら明日になってるよね」

「……当たり前だろ」

紬が軽く息をついてつぶやくと、ぶっきらぼうな丞の言葉が返ってきた。

翌朝、丞と共に稽古場へ向かった紬はドアの前でわずかに足を止めてから、意を決したようにドアノブを摑《つか》んだ。

「おはようございます」

「おはようございます！」

「紬くん、元気を出したまえ。ワタシがキミのために詩を考えてきたよ」

いづみの挨拶《あいさつ》に続いて、誉が再び一昨日と同じ言葉を繰り返す。

紬が息を呑み、丞が硬《かた》い表情でため息をついた。

「またか……」

「詩人が詩を書くのは呼吸するのと同じなのだよ。では、紬くんに捧ぐ詩……」

誉は丞の表情に違和感を覚えた様子もなく、先を続けた。

「ん、ん～遙かなるモンタージュ、繰り返すデカンタージュ……青春の淡きメモリー、消えゆくセオリー、溜め込むカロリ～……どうかな？」

「——あ、ありがとうございます」

紬の顔に浮かぶのは今までのような戸惑《とまど》いではなく、怖《おそ》れに近いものだった。

「稽古は一旦休憩にさせてくれ。行くぞ、紬」

「——うん」

丞が低く告げると、紬もうなずき、すぐに稽古場を出ていった。

談話室に向かった丞は昨日と同じようにテレビをつける。

「十二日土曜日朝のニュースです」

ニュース番組のアナウンサーが一昨日の日付を告げるのを、丞も紬も無言のまま見つめていた。

「……状況《じようきよう》を整理しよう」

「了解《りようかい》」

しばらくの沈黙《ちんもく》ののち、テレビを消しながら丞が口を開くと、紬が短くうなずいた。

「どうやら、俺たちは同じ十二日をループしてるらしい」

「しかも、それに気づいてるのは俺たち二人だけだね」

「どうやったらループから抜けられるんだ……」

途方《とほう》に暮れたような丞の言葉を聞いて、紬がうーんと小さく唸《うな》りながら視線を落とした。

「何か気づいたことはないか」

丞の問いかけに、紬が思い出したように顔を上げる。

「一つだけ……最初の日と違うことがあるんだ」

「違うこと？」

「待ってて。持ってくる」

紬は丞にうなずいてみせると、急いで自室に戻った。

紬が持ってきたのは、一昨日中庭に落ちてきたぬいぐるみだった。

「このぬいぐるみ」

「なんだこのブサイク」

「わからないけど、ループする前日、俺のところに突然《とつぜん》落ちてきた。その夜枕元に置いて眠ったら、ずっと枕元にあるんだ」

紬の説明を聞いて、丞がはっとした表情を浮かべる。

「つまり、そのぬいぐるみはループしてないってことか」

「そういうことだね。何か関係があるのかな……」

二人が考え込むようにぬいぐるみを見つめた時、談話室のドアが開いた。

「あ、見つけた～！」

間延びした声と共に現れたのは三角《みすみ》だった。

突然現れたからというだけではない理由で、びくりと大仰《おおぎょう》に丞と紬が肩を震《ふる》わせる。

「斑鳩《いかるが》……？」

「昨日は来なかったよね……」

自分を凝視する視線を意にも介《かい》さない様子で、三角がぷうっと頬《ほお》を膨《ふく》らませた。

「も～、つむぎとたすくのせいだったんだ！」

紬が首をかしげると、三角がぬいぐるみを指差した。

「それ、無間《むげん》人形さんでしょ～」

「無間人形って……支配人が言ってた七不思議のことか」

丞の言葉に、三角は大きくうなずく。

「呪《のろ》いの人形っていうわりには、ずいぶんかわいいし、そもそもぬいぐるみだけど……」

紬がふわふわのぬいぐるみを撫《な》でると、丞がふと気づいたように三角を見つめた。

「っていうか、お前もループしてるっていうことか？」

「そうだよ～！　二人のせいで、拾ってきたさんかくが次の日になるとなくなっちゃう！」

「他に、ループしてることに気づいてる人はいないの？」

紬の問いかけに、三角は首をかしげた。

「ん～、知らない」

「俺たち三人だけってことなのかな」

「一体どうなってるんだ。こんなわけのわからないこと初めてだ」

困惑《こんわく》した表情を浮かべる紬と丞に、三角はあっけらかんと言い放った。

「え～、よくあるよ」

「ないだろ!?」

丞が思わずといった調子で突っ込む。

「とにかく、二人のせいでこうなったんだから、ちゃんと直してね！」

「俺たちのせい？」

腰《こし》に手を当てて告げる三角に、紬が聞き返す。

「支配人が言ってたでしょ～。仲直りするまで、永遠に無間地獄《じごく》をさまようって！」

「そういえば、そんなこと言ってたっけ……」

「まさか、あの話は本当だったのか……？」

三角の言葉で、紬と丞が支配人の話を思い出す。

「たぶん、このぬいさんの前で二人が仲直りすれば解決～！　ばっちし！　よろしくね～！」

三角はそう言って手を振ると、ドアの方へ走りだした。

「おい、どこ行くんだ」

「昨日と違うさんかく探す！」

そう言うなり出ていってしまう。

「行っちゃったね……」

「仲直りっつったって、どうしろってんだ……」

残された紬と丞は呆然《ぼうぜん》とドアを見つめた。

「形だけでもいいのかな？　手でも繋《つな》ぐ？」

「ふざけてるのか」

紬の問いかけに、丞が眉根《まゆね》を寄せる。

「……ごめん」

「何かいい方法がないか考えるぞ」

「そうだね。稽古場、戻ろう」

解決の糸口は見つかったというのに、二人とも浮かない表情で稽古場へ戻った。

その夜、紬と丞は自室で無言のまま向かい合っていた。二人の間には無間人形がちんまりと座っている。

「……どうしようか。結局何も思《おも》い浮《う》かばなかったね」

長い沈黙の後、紬が口を開いた。

「……しょうがない。あれやるか……」

「あれ？」

丞が苦虫を噛《か》み潰《つぶ》したような顔で告げると、紬が首をかしげる。

「手、貸せ」

差し出された丞の手に、紬が手を重ねて、握手《あくしゅ》をする。

「ほら、俺たち仲直りしたぞ。これでいいな」

丞が面倒《めんどう》そうに無間人形に語りかけるも、人形は当然ながら何の反応も返さない。

「仲直りって、どうやって証明するんだろう」

「仲がいいように見せればいいんだろ」

紬のつぶやきに、丞が返す。

「肩組んだり？」

「……そうだな」

丞は紬の提案に嫌々《いやいや》といった調子で同意すると、紬の肩に腕《うで》を回した。

「こんな感じか」

「そんな鬼《おに》みたいな顔じゃ、ちっとも仲良さそうには見えないけど……」

「誰《だれ》が鬼だ！　これでいいな」

丞が仏頂面《ぶっちょうづら》からスイッチを切り替《か》えたように、笑顔《えがお》になる。

「わ……すごいびっくりするほど、さわやかな笑顔だね」

「うるさい。GOD座《ゴッドざ》仕込《じこ》みだ」

文句を言いながらも、その顔はチームメイトと腕を組むスポーツ選手のようにさわやかな笑みを浮かべている。

「これで仲が良さそうに見えるかな」

「まだ、他に何かあるのか」

丞がうんざりしたように告げると、紬が考え考え、答える。

「うーん、笑いあったりとか？」

「あはははは！」

高らかに笑い声をあげる丞を、紬が生温かい笑みを浮かべながら見つめる。

「お前もやれ！　一人でやってる俺がバカみたいだろう」

「ご、ごめん」

「あはははは！」

「あはははは……」

丞に続いた紬の笑い声は、どこか引きつっている。

笑い声がどちらからともなく消えると、不自然な沈黙の中でぎこちなく組んだ腕が外された。

「これでいいか」

「あとは、ふざけあったりとかかな……」

憮然《ぶぜん》とした表情の丞に、紬が思案顔で告げる。

「ふざける、か……」

丞はしばらく考え込むと、紬の肩を叩いた。

「おい。こっち向け」

「え？」

紬が振り返った途端《とたん》、丞の人差し指が紬の頬にめり込む。振り返るところに指をセットしておくという、古典的ないたずらだ。

「はは！　だまされたな！」

芝居《しば》がかった調子で、丞が爽《さわ》やかに歯を見せて笑う。

「そういえば、振《ふ》り向《む》いたところを人差し指でつつくって小学校の時に流行《はや》ったね……あはは……」

紬も乾《かわ》いた笑いを浮かべた。

「疲《つか》れた顔するな。俺だって疲れてるんだ」

「ご、ごめん……」

笑顔をすっと引っ込めて、丞がげんなりしたようにため息をついた。

「ここまでやれば、さすがに大丈夫《だいじょうぶ》だろ」

「う、うん……明日には直ってるといいんだけど……」

無間人形は相変わらず間の抜けた表情でたたずんでいる。

途端に自分たちのやったことがバカげていると感じ始めたのか、何とも言えない沈黙が室内を包んだ。

「……寝るぞ」

丞はぼそりと告げるとハイベッドのはしごに足をかけた。

「……おやすみ」

ベッドにもぐり込む丞に、紬は小さく声をかけた。

翌朝、紬は目を覚ますなり、枕元のスマホに手を伸《の》ばした。

「……くそ」

寝ぼけ眼《まなこ》で画面を確認するのと同時に、隣のベッドから悪態が聞こえてくる。

「どう？」

「十二日のままだ」

丞の忌々《いまいま》しげな答えを聞いて、紬はため息をついた。紬のスマホの画面に映し出された日付も十二日だった。

「……やっぱりだめか」

「あんなことまでしたのに……」

二人がうなだれた時、部屋のドアが勢いよく開いた。

「も〜〜〜！　またさんかく、消えちゃった！」

頬を膨らませた三角が現れると、沈《しず》んでいた室内の雰囲気《ふんいき》が一気ににぎやかになる。

「ごめん。色々やってみたんだけど……」

「仲直りなんて証明しようがないだろう。どうすればいいんだ」

紬がすまなそうに謝《あやま》り、丞も困った表情を浮かべる。

「仲直りなんてカンタン。ほんとに思ってること、相手にちゃんと伝えれば大丈夫」

三角はなんでもないことのように答えた。

「今日は絶対仲直りしてね！」

そうにっこりと笑うと、三角は現れた時と同じようにまた唐突《とうとつ》に出ていった。

「本当に思ってること、か……」

丞がぽつりとつぶやくと、紬も考え込むように視線を落とす。

ややあって、丞がベッドから下りると身支度を始めた。

「……行くぞ」

短く紬にそう告げる。

「え？　どこに？」

「いいから、来い」

そう急《せ》かされて、紬は慌《あわ》ててベッドから下りた。

ひんやりとした清廉《せいれん》な朝の空気の中、丞は大股《おおまた》でビロードウェイを進んでいた。紬がその後を小走りでついていく。

「丞、どこに行くつもり？」

まだどこの劇場も開場時間を迎えていないこともあって、ビロードウェイの人通りはそれほど多くない。

丞は天鵞絨《びろうど》駅のほど近くで、ようやく足を止めた。

「……この辺でいいな」

「え？」

紬が不思議そうな顔をした時、丞の表情が一変した。

『いい加減にしろ！』

怒気《どき》を帯びた一喝《いっかつ》に、紬が身をすくませる。

『今度という今度は腹に据《す》えかねた。縁《えん》を切らせてもらう』

両腕《りょううで》を組んで紬を睨みつける丞の目には、怒りが満ちていた。

「何？　ケンカ？」

「ストリートACTじゃない？」

通行人がささやき合いながら、丞と紬を遠巻きに眺《なが》める。

紬は一つ息をつくと、す、と視線をそらした。

『どういうこと？　なんのことだかわからない』

いつもの気弱な表情とは違い、反抗的《はんこうてき》ともとれる態度で丞にセリフを返す。

『胸に手を当ててよく考えてみることだな』

丞は威圧的《いあつてき》な態度を崩《くず》さないまま、先を続けた。

『親父《おやじ》が亡《な》くなった今は、長男である俺が当主。お前はもう勘当《かんどう》だ』

『だったら言わせてもらうけど、兄貴のそういう威圧的なところ、俺もずっと嫌《いや》だった』

普段《ふだん》の紬からは想像できないほど冷淡《れいたん》な目つきで、紬が丞を見据《みす》える。

『何を――自分の責任も果たさないようないい加減な奴に言われる筋合いはない』

丞がわずかにうろたえると、一人、また一人と通行人が足を止め始めた。

「お家騒動《いえそうどう》？」

「面白いじゃん」

そんなささやきと共に、紬と丞の周りに人だかりができてくる。

セリフのやり取りから旧家の子息を取り巻く人間関係や因縁《いんねん》、わだかまりが明らかになっていき、観客がどんどん二人の芝居《しばい》にのめり込んでいく。紬と丞はそんな周囲にはまったく気づかない様子で、お互《たが》いの演技に集中していた。

『ここで話していてもらちが明かない。裁判で決着をつけよう』

『――いいだろう。望むところだ』

紬が終幕を促すと、丞もそれに応える。二人は火花を散らすような鋭《するど》い視線を絡《から》ませた後、踵《きびす》を返した。瞬間、辺りに拍手《はくしゅ》が沸《わ》き起《お》こる。

「ブラボー！」

「良かったよ！」

「面白かった！」

周囲にいた観客たちが、口々に二人の役者をほめたたえる。

「あ、投げ銭は結構です。そういうんじゃないんで――」

「行くぞ」

投げ銭を置く観客を、紬が慌てて止めようとすると、丞が紬の腕を引いてその場から素《す》早《ばや》く立ち去った。

「……いつの間にか、あんなに人が集まってたんだね」

天鵞絨駅まで移動すると、紬が驚いたようにつぶやく。

「俺も気づかなかった」

そう同意する丞の声からは、いつもの刺々しさやつっけんどんな響《ひび》きが消えていた。

お互いの間に流れる空気が変わったのを感じたのか、自然と顔を見合わせる。

「……学生の頃《ころ》以来だな。お前とのストリートＡＣＴ」

丞がわずかに懐《なつ》かしそうに目を細めると、紬がうなずいた。

「……そうだね。あの頃はお金がなくて、よく二人でやってたっけ」

「お前の本音とか全然わからないけど……お前と一番真剣に向き合えるのは、これしかないと思った」

丞はそう言うと、どこかバツが悪そうに視線をそらす。

「……楽しかった」

ぽつりと、噛《か》み締《し》めるように紬がつぶやいた。

「わかってたけど……やっぱり、丞と演じるのは楽しい。どんなふうに返ってくるのか、いつも俺の想像を超《こ》えてくる」

さっきの芝居の感触を確かめるように、自らの手のひらを見下ろす。

「……それは俺のセリフだ。お前の演技には気づかされることが多い。お前の芝居よりも良い芝居をしようって思って、どんどん磨《みが》かれていく」

丞が素直《すなお》に紬の芝居をほめると、紬がわずかに口元をほころばせた。

「……小学校の学芸会のこと、覚えてる？」

そう問いかけると、丞が目でうなずく。

「引《ひ》っ込《こ》み思案《じあん》だった俺が主役で、丞が準主役で……あのときの達成感と感動が忘れられなくて、ずっと演劇を続けてた。中学生の頃からずっと、丞と芝居をするのがとにかく楽しくて、大学を卒業した時も一緒にGOD座に入りたかった」

紬はそこで言葉を切ると、視線を落とした。長いまつげが、頬に影《かげ》を落とす。

「でも、結局それが叶《かな》わなくて、打ちのめされて、一度は演劇を諦《あきら》めた」

後悔《こうかい》をにじませる紬の顔を、じっと丞が見つめた。

「それでも、俺はやっぱり舞台に立って幕が上がる瞬間の、あの感動を忘れられない。だから、もう一度この街に戻ってきたんだ」

紬はそう言って、丞の目を見返した。

「で、お前はこの街でどうしたいんだよ？　GOD座に勝つために、俺に主役を譲《ゆず》るのか？」

「……本当は主役として胸を張って舞台に立ちたい」

丞の問いかけに、静かに、けれどはっきりとした口調で紬が答える。控《ひか》え目《め》な態度の中に、芯《しん》の強さが見て取れた。

丞は紬のそんな表情を確認すると、ふっと、口元に笑みを浮かべた。

「だったら、それをあいつらの前で言えよ。簡単に諦めんなよ……俺も支えるから」

「丞……本当に？」

驚いたように紬が目を見開く。

「……当たり前だろ、俺たちは同じチームの仲間なんだから」

丞のぶっきらぼうながら、親しみのこもった言葉を聞いて、紬がふわりと微笑んだ。

「丞にそう言ってもらえると、何でもできそうな気がする……昔に戻ったみたいだ」

心の底からうれしそうに告げる紬を見て、丞の表情がわずかにゆがむ。

「紬、俺はあの時……」

言いづらそうに口を開いた時、不意に聞き覚えのある声がした。

「あれっ!? 紬サン、丞サン!」

ぶんぶんと手を振っているのは、買い物袋《ぶくろ》を両手に下げた太一《たいち》だった。隣には同じように荷物を持った万里《ばんり》が立っている。

「何してるんだ? 稽古か?」

「そんなもんだ」

万里の質問に、丞がうなずく。

「キミたちは?」

「夕飯の買い出しッス〜」

紬が問いかけると、太一が買い物袋を掲《かか》げて見せた。袋から太いネギが飛び出している。

「人数増えたから、買い物も大変なんだってよ」

「そうなんだ。俺たちも、運ぶの手伝うよ」

「あざっす」

肩をすくめる万里に紬が手を伸ばすと、万里は礼を言って袋を一つ渡した。

丞はさっき言いかけた言葉がまだ喉に詰《つ》まっているかのように、紬に視線を送ったが、すぐに太一から買い物袋を受け取った。

寮《りょう》に戻るなり、太一はどさっと買い物袋を床《ゆか》に置き、大きくため息をついた。

「助かったッス！」

紬は笑顔で礼を言う太一にうなずき、丞を振り返る。

「丞、さっきの話――」

「今日、全員の前でさっきのこと話せ」

「――わかった」

紬はわずかにためらった後、心を決めたようにうなずいた。


その夜、談話室に再び全劇団員が集められた。

「紬さん、みんな、集めましたけど――」

「ありがとうございます」

紬はいづみに小さく頭を下げると、自分を見つめる団員たちの顔をぐるりと見回した。

皆《みな》、集められた理由に気づいているのか、程度の差はあれど一様に心配げな表情を浮かべている。

「皆さんに、聞いてもらいたいことがあります」

紬は心を落ち着かせるように一つ息をつくと、そう口火を切った。

「俺は、大学まで続けていた演劇から、一度逃《に》げ出《だ》しました。丞と一緒にGOD座の入団試験を受けたとき、主宰《しゅさい》の神木坂《かみきざか》さんから才能がない、演劇をやめた方がいいと言われたのが原因です」

紬が当時の胸の痛みを思い出したかのように顔を歪める。

「俺、学生演劇の時はそれなりに周りからほめられたり、賞をもらって、芝居に関しては少し自信がありました。でも、その時、一気にバラバラになりました。今まで自分のやっていた芝居をするのが怖《こわ》くなって、この街から離《はな》れて、演劇とは関係のない仕事に就《つ》きました」

そこで視線を落とすと、自らの手を見つめる。いずれは役者一本でやっていきたいと思っていた過去の自分を思い出すように、遠い目をしていた。

学生演劇で経験を積み、希望を胸に社会に出て、一番最初に出会ったプロからの痛烈《つうれつ》なダメ出しは、紬の心を折るのに十分だった。神木坂レニの言葉は、大学を卒業したばかりの紬にとって、演劇界の総意に思えたに違いない。お前は役者になれない、この世界ではやっていけないと、今までやってきたことすべてを否定され、奈落《ならく》の底に突《つ》き落《お》とされるような気持ちだっただろう。

その時の絶望を映した紬の瞳《ひとみ》に、わずかに光が戻り、ぎゅっと手を握《にぎ》り締《し》める。

「でも、結局諦められなかった。演劇に一切《いっさい》触れない生活をしていても、どうしても、もう一度舞台に立つことを考えてしまうんです。俺にはやっぱりこの道しかない。もう二度と逃げ出さない。そう、自分なりの覚悟《かくご》を持って、この街に帰ってきました」

紬はそこまで言うと顔を上げた。その表情には固い決意が満ちていた。

「GOD座とのタイマンACTは、分《ぶ》の悪い賭《か》けです。勝てるかどうか、絶対の保証なんてできません。でも、俺はもう逃《に》げたくない。GOD座からの勝負を受けさせてください。あの時、逃げ出した後悔を繰り返さないために——」

そう告げると、すっと頭を下げた。

「お願いします」

「紬さん……」

いづみが紬の想《おも》いを受け取ったかのように、声を漏らす。

「個人的な理由で、本当にすみません。でも、絶対にやり遂《と》げます」

紬は顔を上げると、そう言い切った。今までの自信なげな表情はすっかり影をひそめていた。

(吹《ふ》っ切《き》れた顔をしてる。本当に心を決めたんだ)

いづみはそう感じて、うれしそうに目を細めた。

「……当たり前だ。もう逃げだすなんて許さないぞ」

丞が口元に笑みを浮かべて、そう告げる。

「やってやろうぜ」

「おう。逃げるなんて冗談《じょうだん》じゃねぇ」

「やらない後悔よりもやった後悔の方がいい」

万里が声をあげると、十座《じゅうざ》と臣《おみ》がそれに続く。

「GOD座の弱点情報、流しまくりッス！」

「頼《たの》むぜ、太一」

拳《こぶし》を掲げる太一に、万里がにやりと笑って返した。

「……しょうがない。やるなら、本気で行くぞ」

「オレも全力でサポートします！　がんばりましょう！」

天馬《てんま》と咲也《さくや》もそれぞれ夏組春組《なつぐみはるぐみ》のリーダーとして、紬の決断を支持した。

「やれやれ、大変なことになったね」

誉は肩をすくめて見せるも、その表情はどこか楽しげだった。

「でも、リーダーの決めたことには従うよ。微力《びりょく》ながら、ボクもがんばろう」

「……うん」

東の言葉に、密が小さくうなずく。

「おや、珍《めずら》しく起きていたんだね」

東が意外そうに告げると、誉がすかさず小脇《こわき》に抱《かか》えたマシュマロの袋を見せた。

「ワタシがマシュマロで釣《つ》ったのだよ！」

「なるほど」

「よーし、じゃあ、まずは組同士のきずなを深めるための親睦会《しんぼくかい》ですね！」

支配人が明るい声でぱん、と両手を打った。


「では、これより組対抗《くみたいこう》ババ抜き大会を開催《かいさい》します！」

わずか十分後、談話室に支配人の高らかな宣言が響《ひび》き渡った。

「なんで親睦を深めるためにバトルを……」

「やりたかっただけじゃね」

「組対抗で何かを競《きそ》うのがＭＡＮＫＡＩカンパニーの伝統なんです！」

ここぞこそ会話するいづみと万里に、支配人が力強く告げる。

「まずは代表者一人ずつ、各組から選出して、五回戦行います。一番に勝った人の組に勝ち点二点、二番手に勝ち点一点を加算し、合計勝ち点の一番多い組が優勝です！」

伝統だったというだけあって、支配人は淀《よど》みなくルール説明をすると、片手をぴしっと上げた。

「では、第一回戦！　春組、碓氷真澄《うすいますみ》！　夏組、瑠璃川幸《るりかわゆき》！　秋組《あきぐみ》、兵頭十座《ひょうどうじゅうざ》！　冬組《ふゆぐみ》、高遠《たかとお》丞！　代表者は前へ！」

名前を呼ばれた真澄が、面倒そうに立ち上がる。

「頑張《がんば》ってね、真澄くん！」

「ファイトダヨ！」

「ポーカーフェイスは得意だから、有利だろ」

咲也とシトロンが声援《せいえん》を送り、綴《つづる》が余裕《よゆう》の表情で笑みを浮かべた。

「……ルール知らない」

「えええ!?」

「問題外じゃねぇか！」

まったく焦る様子もなく真澄が言い放つと、咲也が目を丸くし、綴が突っ込んだ。

「一、同じ数字のカードを捨てる。二、ジョーカーを取らない」

「……わかった」

真澄は至《いたる》の簡潔な説明を聞いて、ダイニングテーブルに用意された席に着いた。

その隣に夏組代表の幸が座る。

「ゆっきーファイト！」

「がんばってね、幸くん！」

背後から一成《かずなり》と椋《むく》が声援を送った。

「たかがババ抜きでしょ」

「くだらない」

あきれたような幸に続き、天馬もどうでも良さそうに鼻を鳴らす。

「負けた組にはトイレ掃除《そうじ》と風呂《ふろ》掃除をお願いします！」

支配人から罰《ばつ》ゲームが発表された途端、ぴくりと幸と天馬の眉が上がる。

「……勝つ」

「徹底的《てっていてき》にやれ」

「がんばれ～！」

目に闘志《とうし》が灯《とも》った幸を、天馬と三角が応援《おうえん》した。

幸の向かいには、十座が気合い十分といった表情で立つ。

「おい、絶対勝てよ」

「当たり前だ」

万里の挑戦的《ちょうせんてき》な言葉に、小さく鼻を鳴らす。

「顔に出さないように気をつけろよ」

「っす」

左京《さきょう》のアドバイスには短くうなずいた。

「ファイトッス！」

「がんばれよ」

太一と臣の声援を受け、十座はリングに上がるボクサーのような面持《おもも》ちで、席に着いた。

「ババ抜きなんてするの、何年ぶりだ？」

丞がぼやきながら、十座の隣の椅子《いす》に座る。

「高校の修学旅行でやったよね。丞は意外と運が悪くて最初にババが来ること多いから、気をつけて」

「……それは、気をつけようがないんじゃないかな」

紬のアドバイスに、東がやんわりと突っ込むと、誉も深々とうなずく。

「うむ、たしかに」

「……トイレ掃除」

「だけは避けたいところだな」

密のつぶやきに、気を引《ひ》き締《し》めるように丞が続けた。

最初はそれぞれ一進一退を繰り返していたが、徐々《じょじょ》に十座の旗色《はたいろ》が悪くなっていった。

十座の手元に五枚が残る中、幸と真澄が続けてあがっていき、残り一枚の丞と一騎打《いっきう》ちとなる。

緊張《きんちょう》が漂《ただよ》う中、丞の指が十座のカードの上を右から順に移動していく。一枚のカードの上に差《さ》し掛《か》かった時、ぴくりと十座の眉《まゆ》が上がった。丞の指がその隣のカードを引き抜くと、流れるような動作で手札と重ねてテーブルの上に投げた。

「くっ」

「何やってんだ、兵頭！」

悔《くや》し気《げ》に拳を握り締める十座に、万里が声を荒らげる。

「テンプレヤンキーは、ババ引こうとすると眉毛《まゆげ》があがるんだよね」

一位の幸は、余裕の表情で十座の敗因を指摘《してき》した。

「よくわかんないけど、勝った」

「GJ《ジージェイ》」

淡々と告げながら席を立つ真澄を、至が労《ねぎら》う。

「悪いな。勝てなかった」

「三番手か。惜《お》しかったね」

「仇討《かたきう》ちは任せたまえ！」

戻ってきた丞の肩を、慰《なぐさ》めるように東と誉が叩《たた》いた。

悲喜こもごもありつつも、盛り上がる団員たちの様子を眺めていたいづみが、顔をほころばせる。

(みんな、なんだかんだいって白熱してきたな。たしかに親睦を深めるには、いい方法かも)

と、ふと違和感を覚えたように、室内をぐるりと見回す。

（あれ？　密さんがいない……？　どこに行ったんだろう）

さっきまで部屋の隅《すみ》で居眠《いねむ》りをしていた密の姿が、いつのまにか見えない。いづみは首をかしげながら、そっと談話室を抜け出した。

寮の廊下《ろうか》に出ると、一気に喧騒《けんそう》が遠ざかる。談話室との落差のせいで、いつも以上にひっそりと静まり返っているように錯覚《さっかく》させた。

いづみがひんやりとした廊下を足早に通り過ぎようとした時、中庭に面した窓に人影《ひとかげ》が映っているのに気づいた。

静かに中庭の扉《とびら》を開けると、密が背を向けてたたずんでいる。

（あ、いた。トイレにでも行く途中《とちゅう》で寝ちゃったのかな）

密はいづみが来たことに気づいていないのか、微動《びどう》だにしない。

（後ろからおどかしてみよう……）

イタズラっぽく笑うと、足音を忍《しの》ばせて密の背中に近づく。

（そーっと……）

いづみが密の両肩《りょうかた》を叩こうとした瞬間、密の姿が消えた。え、と声もなく驚いていると、背後から首に腕を巻き付けられ、羽交《はが》い絞《じ》めにされる。

「……誰《だれ》」

「……な、なにっ!?」

耳元から密らしからぬ鋭い声が聞こえて、いづみは混乱した様子で手足をばたつかせた。

(今、一瞬《いっしゅん》で羽交い絞めにされた？　早すぎて、何が何だかわからなかったけど……)

「カントクか……」

密は小さく息をつくと、あっさりといづみを解放した。

「び、びっくりした……」

いづみは動悸《どうき》を抑《おさ》えるように、胸に手を当てる。

「……オレの後ろに立たないで」

密はそっと視線を落とすと、音もなく去っていった。

(今の動き、なんだったのかな……普通《ふつう》じゃない動きだった。密さんって何者なんだろう……)

一瞬で目の前から消えて背後に立つなんて芸当は、そうそうできるものではない。いづみはキツネにつままれたような表情で、密が立っていた場所を見つめた。


翌朝、紬が身支度をしていると、丞がうめき声をあげながらベッドから下りてきた。

「……うーん、頭が痛い」

「昨日、飲みすぎたんじゃない？」

額に手を当てる丞を見て、紬が同情するような笑みを浮かべる。

「最後の方は学生組以外みんな酔《よ》っぱらってたからな……」

「早くしないと、朝練に遅《おく》れちゃうよ」

紬が時間を確認するためにスマホを取り出すと、丞がゆるく頭を振る。

「ああ。でも、どうせまた昨日と同じ練習だろ」

ふとスマホを起動した紬の動きが、ぴたりと止まる。

「……あれ？」

「どうした？」

「ううん……」

紬はすっきりしない表情であいまいに返事をすると、スマホをポケットにしまった。


「おはようございます」

稽古場に足を踏《ふ》み入《い》れた紬が、やや硬い表情で挨拶をする。

「おはようございます！」

「おはよう」

いづみが元気よく返し、東も続く。

「おはよう、諸君。さわやかな朝だね」

「……おはよ」

誉が窓の方を手で示してみせれば、珍しく目を開けていた密も挨拶を返した。

「あれ？　御影《みかげ》、マシュマロの袋は？」

密が手ぶらなのを見て、丞が怪訝《けげん》な顔をする。

「……もう食べ終わった」

「え？」

繰り返した『昨日』とは明らかに違う状況に、丞がぽかんとした表情になる。紬は静かにその様子を見つめていた。

「有栖川《ありすがわ》も、今朝は紬を応援するトンチキな詩を用意してないのか？」

丞が誉に視線を移すと、誉は怪訝そうに首をかしげた。

「ワタシの渾身《こんしん》の詩は昨日、披露《ひろう》しただろう」

「まさか――」

「――やっぱり」

信じられないといった丞の声に、納得《なっとく》したような紬の声が重なる。

「日付を見て、丞」

紬がスマホの画面を差し出すと、丞の目が見開かれた。

「……十三日だ！」

「やっと、抜けたよ」

「おっし！」

紬がほっとしたように微笑《ほほえ》み、丞がガッツポーズをとる。

「二人とも、どうかしたんですか？」

いつになくテンションの高い二人を、いづみが不思議そうに見つめる。

「ええと、実は――」

「こんなバカな話信じるわけないだろう」

ためらいがちに説明しようとする紬を、丞が止める。

「やっぱり、そうかな……」

紬は考え込むようにそこで話を止めた。

話が見えないだけでなく、前日までろくに目も合わせなかった二人が普通に会話をしているることで、いづみの顔に？マークがいくつも浮かぶ。

「あの二人、いつの間に仲直りしたんだね？」

「さあ、何かあったのかもね」

誉も首をかしげたが、東は二人の間の空気を見透《みす》かすように微笑んだ。

（なんだかよくわからないけど、二人が仲直りしてよかった。昨日の紬さんの告白が何かのきっかけになったのかな）

いづみは腑《ふ》に落ちないながらも、ほっと胸を撫《な》で下《お》ろした。

午前の稽古を終えて談話室へと戻ったいづみの元に、支配人が駆《か》け寄《よ》ってきた。

「あ、監督《かんとく》！　ＧＯＤ座の主宰からお電話です！」

レニが指定した期限は今日だ。タイマンＡＣＴの返事を聞こうというのだろう。

「……代わります」

いづみは表情を引き締めると、差し出された受話器を受け取った。

「……もしもし？」

『結論を聞かせてもらおうかな』

電話の向こうのレニが、余裕の笑みを浮かべているのが伝わってくるような声色《こわいろ》だった。

「……ＭＡＮＫＡＩカンパニーはＧＯＤ座からの挑戦を受けて立ちます」

『ほう』

いづみが言い切ると、レニが面白そうに相槌《あいづち》を打つ。

「カンパニー一丸となって戦います」

『それは楽しみだ』

レニはいづみの決意のこもった宣言を受けて低く笑うと、先を続ける。

『通常、公演テーマは宣戦布告した側が選ぶものだが、指定しても構わないかな？』

「はい」

『では、今回のテーマは『天使』にしよう』

「『天使』……」

（今までやったことのないタイプのモチーフだ）

受話器を握《にぎ》るいづみの手に力がこもる。

『せいぜい、がんばりたまえ。キミたちが美しくも儚《はかな》い天使たちの世界を表現できるとは思えないがね』

嘲《あざけ》るような笑いと共に、電話が切れた。

いづみはレニの声が聞こえなくなっても、受話器を握り締めたまま、硬い表情で壁《かべ》を見つめていた。

（今までテーマがある舞台なんてやってこなかったけど……演出だけじゃなくて、脚本《きやくほん》、衣装《いしよう》、舞台セットに至るまで、テーマが関わってくる。作戦会議が必要だ。他の組の協力もあおがないと……）

いづみの頭の中で目まぐるしく、これからやらなければならないことが駆《か》け巡《めぐ》る。

GOD座が突《つ》き付《つ》けてきたのは、明らかにGOD座に有利なテーマだった。初めてのタイマンACTに、相手は明らかに格上《かくうえ》の劇団、不利なテーマに、今までやったことのないやり方での公演作り、そのすべてが今のMANKAIカンパニーにとって、乗り越えなければならない大きな壁となって立ちふさがっていた。

夕方、いづみは帰宅した各組のリーダーを談話室に集めた。

「それじゃあ、これから第一回リーダー会議を始めるね」

「リーダーだけでいいのか？」

天馬が集まったメンバーを見回す。

「GOD座とカンパニー一丸となって戦うって決めた以上、まずはリーダー同士の連携《れんけい》が必要不可欠だと思うの。定期的に会議をして課題を共有するから、各組のメンバーにはリーダーから通達して、随時《ずいじ》意見を集めてほしい」

「わかりました！」

「はいよー」

「よろしくね」

いづみの言葉を受けて、咲也、万里、紬が力強くうなずいた。

「まずはGOD座とのタイマンACTのテーマなんだけど、『天使』に決まったよ」

「『天使』ですか……今までのMANKAIカンパニーの舞台の雰囲気とはガラッと変わ

りますね」

咲也が思案顔で顎《あご》に手をあてると、天馬も苦々しい表情を浮かべる。

「繊細《せんさい》で芸術的な表現が得意なGOD座にとっては、有利なテーマだな」

「テーマは宣戦布告した側が決めるものだから、しょうがないね……」

紬も表情を曇らせる中、万里は小さく鼻を鳴らした。

「ま、得意なテーマ選んでくるあたり、意外と向こうもびびってんじゃねーの？」

「たしかに……そうかも」

挑発的《ちょうはつてき》な万里の言葉に、咲也が同意する。

「完全に叩きのめしたいっていうことなのかも」

「向こうのミスは期待しない方がよさそうだな」

「面白えじゃねーか。全力でくる相手に勝ってこその勝負だしな」

紬がレニの性格を分析《ぶんせき》するように告げると、天馬は気を引き締めるようにうなずき、万里はにやりと笑った。

「まず冬組の抱える問題として、紬さんから何かありますか？」

いづみが紬に声をかけると、紬がわずかに視線を落とす。

「そうですね……リーダーとして、うまくチームをまとめられないことにちょっと悩《なや》んでいます」

「結成したばっかりですし、バラバラなのはしょうがないですよ」

「夏組も最初は最悪だった」

「秋組もひでーぞ」

　春組の咲也から順に、自分たちの旗揚《はたあ》げ公演の頃のことを思い出したのか、しみじみと語る。

（たしかにどの組もみんなひどかった……）

　いづみも思わず遠くを見つめていると、紬が思案顔でたずねた。

「何かみんなをまとめるいい方法はないかな？」

「それなら、メンバーみんなで一緒に寝ればいい。春組もこれでうまくいった」

「一緒に……？」

　自信満々で即答《そくとう》する天馬を、紬が不思議そうに見つめる。

「いい方法かどうかはナゾだけど、俺と兵頭は手錠《てじょう》でつながれたりしたな」

「えっと……みんなでコイバナしたりしましたよ！」

「みんなすごいんだね……」

　続く万里と咲也の答えを聞いて、紬が戸惑い交じりに返す。何がどうすごいのかは明言しなかった。

（役に立つのかな、これ……）

あまりにも一般的《いっぱんてき》ではない解決案ばかりが揃っている状況を、いづみが顔を引きつらせながら見守った。

その夜、いづみが冬組の夜稽古を始めようとした時、紬が手を挙げた。

「それじゃあ、準備運動を――」

「あ、その前に、ちょっといいですか」

「うん、どうぞ」

水を向けると、一歩前に出て冬組メンバーの顔を見回す。

「今まで、頼《たよ》りないリーダーでごめん。これからはもう少しちゃんとするから。ＧＯＤ座に勝つために、今日から改めて、リーダーとしてがんばらせてほしい」

今までにない真剣な表情で決意表明をする紬を見て、丞が口元でにやりと笑った。

「……当たり前だ」

「紬くんがリーダーなのだからね」

「紬なりのリーダーを目指せばいいと思うよ」

「……がんばれ」

誉、東、密も温かく紬の想いを受け止める。

「ありがとう、みんな」

紬はほっとしたように微笑んだ。

「他の組のリーダーからのアドバイスを参考に、今の課題について考えてみたんだ。カンパニーが一丸となるためには、まず冬組がまとまることが大事だと思う。そのためにも、お互いのことを知って、信頼《しんらい》関係を深めていきたい。ミーティングという形以外でも、もっとこまめに意見交換《こうかん》をしていこう。なるべく、メンバー同士、コミュニケーションをとるように心がけてほしい。俺もそうするから」

メンバーの顔を一人一人確認する紬の顔はリーダー然として、頼もしさを感じさせる。

「具体的にそういう時間をもうけてもいいんじゃないか」

「ミーティング以外にってこと？　負担にならないかな？」

丞の意見に、紬が疑問を呈《てい》する。

「別にそんなにきっちり決める必要ないだろ。時間があったら一緒にストリートＡＣＴ行くとか、一緒に舞台観に行くとかでもいい」

「ああ、そうだね。そういう機会を増やすようにしよう」

紬が同意すると、東もうなずいた。

「ボクは比較的《ひかくてき》時間が自由になるから、みんなの予定に合わせるよ」

「それを言うなら、ワタシも密くんもそうだ」

「……ヒマ人」

「身もふたもないな」

密の自虐《じぎゃく》ともいえるつぶやきに、丞があきれたように突っ込む。

（丞さんも紬さんをサポートする側に回ってる。本当に二人の関係が変わったんだな。ううん、元に戻った、ってことなのかも。これで冬組もいい方向に変わっていくといいな！）

紬を中心に話し合いを進めるメンバーたちを見て、いづみは笑みを浮かべた。


それから数日後、談話室のソファには冬組メンバーが顔を揃え、また別のミーティングが開かれようとしていた。

「では、これから冬組旗揚げ公演内容についての会議を始めたいと思います」

いづみは口火を切ると、綴と幸の方へ視線を向けた。

「今日は脚本担当の綴くんと、衣装担当の幸くんにも参加してもらいます」

「よろしくっす」

「よろしく」

「『天使』がテーマっていうこともあって、どう『天使』を表現するかなんだけど……」

いづみが思案顔で切り出すと、誉がすかさず口を開く。

「それはもう、脚本も衣装も美しく、気高く、荘厳《そうごん》で芸術的なものにするべきであろう」

「たしかに『天使』って聞いてみんなが想像するのは、そのあたりですよね」

当然といった様子の誉に、いづみが同意する。

「GOD座が一番得意とする方向性だ。同じ方向性じゃ、GOD座には及《およ》ばない」

「こっちの方がレベルが低いって言いたいわけ？」

断言する丞に向かって、幸が鋭い視線を投げる。

「使える予算の桁《けた》が違うっていう意味だ。ど派手な演出、ど派手な衣装、客演には有名人使うような相手と同じ方向性で戦うのは分が悪すぎる」

この場にいる誰よりもGOD座をよく知る丞が、淡々と説明する。

「でも、派手ならいいっていうものでもないんじゃないかな。観客がいいっていえば、それでいいわけだし」

紬の意見に、丞がゆるく首を横に振る。

「連続して観比べたら、見劣《みおと》りするに決まってる」

「だからって、『天使』からかけ離《はな》れた方向性にしたら、観客の期待を裏切ることになるよ」

「別にかけ離れた方向性にするとは言ってないだろ」

（またケンカになったり、しないよね……？）

白熱する二人の議論を、わずかに心配そうな表情でいづみが見守る。

「だったらどうするの？」

「『天使』からイメージできるものをもっと膨らませるんだよ。その上で、GOD座とは違う『天使』像を作りあげる」

丞の意見を聞いて、紬が考え込むように顎に手を当てる。

「『天使』からイメージできるもの、か……」

「神聖さとか清らかさ、とか？」

「天使ものの映画は、悲劇も多いよな」

イメージを膨らませる東と綴に、丞がうなずいた。

「いいんじゃないか。繊細な芝居で、GOD座と差別化したい」

「評価をする観客の中には、きっとGOD座のファンも多いから、迫力《はくりょく》のある堂々とした丞の芝居を活《い》かした方がいいんじゃない」

紬が冷静に告げると、丞があからさまに嫌そうな顔をする。

「GOD座のテイストを引きずるのはごめんだ」

「票を集めるには、個人の好みなんて関係ないよ」

「他人事《ひとごと》だと思って……」

以前は丞から責められる一方だった紬が、今はきっぱりと丞の意見を切り捨てる。

（二人とも、こういう言い合いには慣れてるのかな。口調はそれなりにきついけど、理論的に話し合ってる）

いづみは感心したように二人を見つめた。

「冬組のメンバーで当て書きするなら、大人っぽい物静かな雰囲気にはなると思う」

紬が他の組よりも年齢層《ねんれいそう》が高い冬組メンバーの顔を見回す。

「だとしたら、繊細な演技の方が合うかもね」

「たしかに、そうですね」

東の意見に、紬がうなずく。

「ふむ……衣装も脚本の雰囲気に合わせて控《ひか》えめにした方が良さそうだね」

「そうだな……今までとは違った形でインパクトを残してほしい」

「……やってみる」

誉と丞の言葉を受けて、幸がメモ帳に何やら走り書きする。その目は、今まで以上にやる気に満ちていた。衣装係としても、今回の公演は大きな挑戦となることがわかっているのだろう。

「それじゃあ、旗揚げ公演は静かな大人っぽい雰囲気の悲劇で、繊細な芝居っていう方向性でいい？」

いづみがまとめると、紬がうなずく。

「はい」

「……いいと思う」

「ワタシもそれで構わないよ」

「それでいこう」

密、誉に続き、丞も同意した。

「うれしそうだね、丞」

「え？」

紬の指摘を聞いて、いづみが不思議そうな顔をする。

（全然表情は変わってない気がするけど……）

いづみにはまったくわからなかったが、丞は図星を指されたように、わずかにバツの悪そうな顔をした。

「まあな。久々に雰囲気の違う舞台に出られるのが楽しみだ。ＧＯＤ座の時は、きらきらした舞台でさわやかな王子役ばっかりやらされてたからな」

「人気劇団のトップにも、色々悩みがあるんだね」

誉が意外そうな表情を浮かべる。

「プロとしては、求められるものには応えないといけないいんだけどな」

「自分の好きなように表現ができないなんて、ワタシには到底《とうてい》不可能だな」

誉が肩をすくめてみせると、綴が横から口を挟《はさ》んだ。

「でも、ま、俺も結構楽しみっす。悲劇って今までなかったし、早く書いてみたい」

「そういえば、今までは全部喜劇だったもんね」

（今までの組とはまた違った舞台になりそうで、私も楽しみだな）

いづみはいつの間にか、不安よりも期待の方が大きくなっていくのを感じていた。


「カントク、来週の稽古はどうしますか？」

冬組メンバーといづみが夜稽古を終えて談話室に戻ると、紬がいづみに呼びかけた。

「脚本が出来上がるまでは、パントマイムを取り入れてみようかなと思うんだけど」

「繊細な芝居って方向なら、有効だな」

「わかりました」

丞がいづみの考えを評価し、紬もうなずく。

「パントマイムって大道芸人とかがやってるやつだよね」

「あれが、芝居の役に立つのかね？」

不思議そうな表情を浮かべる東と誉に、紬が説明を付け加えた。

「目立たない部分ですけど、動作による表現力を磨くと、芝居の説得力が増すんです」

「へえ、なるほどね」

感心したように誉がうなずいた時、談話室のドアが静かに開いた。

綴が一歩、二歩とぎこちない歩みで部屋に入ってくる。

「あれ？　綴くん？」

「――で、きた」

いづみが呼びかけると、綴は掠《かす》れた声を漏らしながら、その場に倒《たお》れ込《こ》んだ。ばさりとその場に紙の束が落ちる。

「……倒れた」

「大丈夫？」

密が淡々とつぶやき、紬といづみが慌てて綴に駆け寄る。

「また寝ずに脚本書いたんでしょ!?　ちゃんと寝なきゃダメだよ！」

「……っす」

かろうじて意識が戻った綴が、いづみの叱咤《しった》に小さく返事をする。

「ひとまずソファで休んで」

綴は紬に肩を借りて立ち上がると、ソファにどさりと座《すわ》り込《こ》んだ。

「これ、冬組公演の脚本？」

「そうみたいだな」

東が落ちていた紙の束を拾い上げると、丞が覗《のぞ》き込む。

「読ませてもらってもいいかな？」

「っす」

いづみが綴に確認すると、綴は眠気に勝てないといった様子で目を閉じたままうなずいた。

いづみは台本をメンバーに配り、さっそく目を通し始める。

しばらくの間、その場には紙をめくる音だけが響いた。いづみも夢中で台本を読み進める。

今までの春夏秋組とは打って変わった、天使の悲恋《ひれん》を描《えが》いた繊細な物語だった。配役はタイマンACTを意識したのだろう、主演は紬、準主演は丞と、経験者で固められている。

（これ……本当に綴くんが書いたのかな。それくらい、今までと雰囲気が違う。すごく物悲しくて、ぐっとくる……）

最後の一ページで手を止めたいづみは、感嘆《かんたん》の息を漏らした。

「……いい本だね。早く舞台の上で言いたいセリフがいっぱいある」

「実に美しい……」

「うん。悲恋だからこそ、神聖でピュアだ」

紬に続き、誉、東も台本を絶賛する。

「ただ、このシーンの台詞回《せりふまわ》しは直した方がいい」

「……どこっすか？」

丞の言葉に、綴が目を開けた。身を乗り出して、丞の手元にある台本を見つめる。

「ここ。もっと短くした方が映《は》える」

「……もっかい微調整《びちょうせい》します」

丞は綴に小さくうなずくと、紬の方を見た。

「紬、一旦二人で合わせるぞ」

「あ、うん――」

紬の返事もろくに聞かずに、丞はさっさと談話室を出ていってしまう。

「早速《さっそく》稽古とは、ストイックというかクールだね」

ドアの方を見ながら、誉が感心したようにつぶやく。

「悲劇とか初めてなんで、どうですかね。いまいちかも……」

「大丈夫だよ。丞、早くやりたくてうずうずしてるみたいだから」

綴が不安げに台本に視線を落とすと、紬がにっこりと微笑んだ。

「さっきのはそういう反応だったんだ!?」

「わかりづらい、というか、まったくわからないね」

いづみが目を丸くすると、東も同調する。

「……無表情」

「密に言われちゃおしまいだね」

「あはは、たしかに」

ほとんど表情を変えない密のつぶやきを聞いて、東といづみが笑みを漏らした。

「それじゃあ、みなさん、明日から読み合わせを始めるので、ちゃんと読んで頭に入れておいてくださいね！」

いづみは出来上がったばかりの台本を手に、気を引き締めるように声をかけた。


翌朝の稽古は、いづみを始めメンバー全員いつもより早く集まっていた。

「おはようございます！　今日から読み合わせを始めますよ！」

「おはようございます」

「なんだか嬉しそうだね、カントク」

気合十分といったいづみに、紬と東が微笑みながら返事をする。

「そりゃあ！　新しい台本ってわくわくするじゃないですか」

いづみが満面の笑みを浮かべた時、丞が大きなあくびをした。

「あれ？　丞さん、寝不足《ねぶそく》なんですか？」

「ああ——」

「今日から読み合わせが始まるからですよ。昔から楽しみなことがある前夜は眠れないんだよね」

言葉を濁《にご》す丞の代わりに、紬が説明する。

「小学生のようだね！」

「紬、余計なこと言うな」

誉の言葉を聞いて、丞がむっつりとした表情で紬をなじる。

「……カントクと一緒」

密がそう告げると、いづみが笑い声をあげた。

「あはは、丞さんの気持ち、わかりますよ。それじゃあ、さっそく冒頭《ぼうとう》からやってみましょう！」

「はい」

いづみの声かけに、紬がうなずいた。

(今回は天使が人間に恋をして、悲劇的な結末を迎《むか》えるお話だ。人でない役は、その佇《たたず》まいから技術が求められるけど……）

丞のまとう雰囲気が、すっと変化した。

『お前も飽《あ》きないな』

『ラファエル……』

『人間界なんてどこがおもしろいんだ？』

紬演じるミカエルが人間界を覗き込んでいるところに、丞の演じるラファエルが声をかける。

（二人ともゆったりとした動作で、独特の雰囲気を出してる。昨日のうちに相談して決めたのかな）

読み合わせは座ったままで行われたが、二人は軽い動きもつけていた。息のぴったり合ったやり取りを、いづみが感心しながら見守る。

『バカなミカエル』

『心配してくれるんだね、ラファエル』

『人間を好きになっても、不幸になるだけだぞ。俺にはわかるんだ』

『それでもいい。たとえ自分が不幸になっても、彼女を幸せにしたいんだ』

（紬さんは口調は穏《おだ》やかでも意志の強さを感じる。以前の自信なげな様子とは大違いだ。

丞さんに負けてない。あくまでも静かなやり取りの中で、ぶつかりながらも息が合ってる。

このコンビは全部の組の中でもダントツだな）

　二人とも経験者ということもあって、すでに読み合わせの段階で芝居のイメージが完成しているのが伝わってくる。二人のコンビネーションと個人の技術、両方が相まった完成度の高さに、いづみは手ごたえを感じていた。

『人間の女を助けたい？　へえ。お堅《かた》いミカエルがずいぶん大胆《だいたん》なことを考えるんだな。それなら、人間界に下りればいい』

　物語は、誉演じるメタトロンがミカエルに助言をする場面に移る。

『人間界に下りられるんですか？』

『ああ。ただし、あんまり長く人間界に留《とど》まると、天界に戻ってこられなくなる。くれぐれも注意するんだな』

『ありがとうございます。メタトロン』

（誉さんは、このテーマにぴったりだったな。どこか浮世離《うきよばな》れした雰囲気がすごく合ってる）

　詩人として培《つちか》った発声や、少し大仰なセリフ回しは素のままで十分今回の役に対応できていた。

『彼女の魂《たましい》はもう天に迎える日が決まっている。余計な横やりはやめてくれ』

　密が演じるのは、ミカエルの想い人の魂を管理するウリエルだ。硬い表情で、ミカエルを責める。

『そのリストはあくまでも予定だよ。確定じゃない』

『だとしても、君の一存で捻《ね》じ曲《ま》げられるようなことじゃない。あまり私情を挟むようなら、天法会議にかける』

（密さんも完璧《かんぺき》だ。紬さんや丞さんとは少し種類の違うリアリティ重視の演技……）

滑舌《かつぜつ》や抑揚《よくよう》も申し分なく、経験者の紬たちと負けず劣《おと》らずの完成度で仕上がっていた。

『そこの君、ここは関係者以外立ち入り禁止だよ』

想い人を救うため、人間界に降りてきたミカエルを、東演じる医師のフィリップが呼び止める。

『あ、すみません』

『彼女に何か用事でも？』

『あなたは？』

『彼女の主治医だ』

（東さんは思った通り、舞台に立ってるだけで雰囲気を出せる。演技に関しては未経験だし、これからだけど、そつがないし、天使の中に一人人間の役っていうのも、うまくはまったかも！）

いづみは配役の妙《みょう》に、内心ガッツポーズを取った。

集団の中にいても、ある種の異質さをもって、ぽっかりと空いた空間に立っているような雰囲気を出せるのが東の持ち味だった。天使の中に一人だけ混じった人間というのは、東の特性をこれ以上なく活かせる。

（冬組に関しては、あんまり演技に関する不安はなさそうだな。これなら、早いうちに雄《ゆう》三《ぞう》さんを呼んでもいいかもしれない。そうすれば、公演本番までにGOD座と勝負できるクオリティにもっていけるはず……！）

いづみは今までになくスムーズに進んでいく読み合わせを見守りながら、ぐっと拳《こぶし》を握り締めた。

「ふふん、詩興《しきよう》がわいたぞ。中庭の月明かりの下で詠《よ》むとしよう――」

夕食を終え、鼻歌交じりに誉が廊下を歩いていると、ふと中庭の窓に影がよぎった。

「ん？」

窓に目をやるが、外は真っ暗で何も見えない。首をかしげて、正面に向き直った時、誉の目の前に突如《とつじょ》壁のようなものが現れた。

「ぎゃ――――！！！」

耳をつんざくような誉の悲鳴が、寮の廊下を駆け巡る。


談話室のソファでくつろいでいたいづみは、突然聞こえてきた悲鳴にびくりと体を震わせた。

「な、ななななんですか、今の声!?」

支配人がおろおろと辺りを見回す。

「誉の声だね」

「廊下の方から聞こえました」

東と紬が同時に廊下の方を見やる。

「……誰か転んだ」

「転んだだけの声じゃなかったけど」

悲鳴にかき消された物音を判別した密がつぶやくと、東が首をかしげる。

「ま、まさか劇団七不思議の――」

「もうそれはいいですから！」

青ざめる支配人の言葉を、いづみが遮《さえぎ》る。

「行くぞ」

丞はさっさと談話室のドアを開けると、声のした方へと向かった。

廊下には、誉が尻《しり》もちをついたような格好で座り込んでいた。

「誉さん、大丈夫ですか!?」

「何があったの？」

いづみが駆け寄り、東が心配げに声をかける。

「く、黒い影がワタシにコンフュージョン……」

「混乱してる……！」

「これは通常運転ですね……」

うわごとのようにつぶやく誉を見て焦る支配人に、紬が冷静に声をかける。

「黒い影……？」

丞がいぶかしげに誉の見つめる先へと視線を移すと、いつからいたのか、ぼうっと立っている人影を見つけた。

「鉄郎《てつろう》さん！」

無表情で佇んでいるガタイのいい男の姿を認めて、いづみが声をあげた。

春組の旗揚げ公演から大道具を担当している大工の岩井《いわい》鉄郎だった。極端《きょくたん》な無口で、口を開いても蚊《か》の鳴くような声でしか話さないため、支配人以外誰も聞き取れない。

「え？　なんですか？」

鉄郎の唇《くちびる》がわずかに動いたのを見て、いづみが耳に手をあてる。

「次の公演の大道具について打ち合わせがしたいそうです」

「なるほど……」

いづみは支配人の通訳《つうやく》を聞いて、鉄郎がここにいる理由に納得したようにうなずいた。

「だ、誰なのかね？」

「いつも大道具をお願いしている鉄郎さんです」

まだ腰が抜けているのか、立ち上がれないでいる誉に向かって、いづみが鉄郎を紹介する。

「なんだ、人騒《ひとさわ》がせな……」

「何事もなくてよかったです」

丞があきれたようにため息をつき、紬が微笑むと、誉は気を取り直したように立ち上がった。

「ま、まあワタシはオカルトなんて信じないからね。そんなことだろうと思ったよ」

ただの人間相手に悲鳴をあげて腰まで抜かしてしまったのが恥《は》ずかしいのか、咳払《せきばら》いをする。

「いやいや、そう安心するのは早いですよ！　この劇団には本当に七不思議が起こるんですから！」

「またまた～」

あくまでも七不思議を主張する支配人を、いづみが軽くあしらう。

「まあ、今回は違ったということで」

「……そうだな」

紬と丞が何か含《ふく》んだような言い方をすると、東が意外そうな表情を浮かべた。

「おや、意外だね。二人ともリアリストかと思ったけど」

「そうだったはずなんですけど……」

紬は言葉を濁し、丞と目を合わせた。

「まあ、『まごころルーペ』ならあると便利ですよね」

「ふん、あるわけないさ……他人の心がわかるルーペなんて、あってたまるかね」

軽い調子でいづみが告げると、誉はむすっとした表情で小さくつぶやく。その口調は、バカにしているというよりは、不貞腐《ふてくさ》れているようでもあった。

第5章 消えない夢

二〇六号室に、衣擦《きぬず》れの音が響《ひび》く。頻繁《ひんぱん》に寝返《ねがえ》りを打つ東《あずま》の眉間《みけん》には深い皺《しわ》が刻まれ、額には汗《あせ》がにじんでいた。

「嫌《いや》だ……待って……」

苦悶《くもん》の表情で漏《も》らしたうわごとを聞き届ける者は誰《だれ》もいない。

ややあって、びくりと体を震《ふる》わせた拍子《ひょうし》に東の目が開いた。呼吸を整えながら、辺りを見回す。

「……はぁ、夢か」

静寂《せいじゃく》に包まれた室内を確認《かくにん》すると、東は前髪《まえがみ》をかきあげながらぽつりとつぶやく。そして、暗闇《くらやみ》に消えていく自分の声を見つめるかのように、ぼうっと空《くう》を見つめた。


朝食の時間のラッシュは主に二回ある。朝の早い中高生組の波が引くと、次が時間の不規則な大学生と社会人組だ。

いづみは二回目のラッシュに紛《まぎ》れ、テーブルに着いた。

「いただきます」

「いただきます」

隣《となり》で紬《つむぎ》が手を合わせる。

「今日はチーズオムレツか。おいしそうだね」

誉《ほまれ》がプレートにキレイに盛り付けられたオムレツにナイフを入れると、中からとろりとチーズが溢《あふ》れてくる。

「……パンがおいしい」

ホカホカと湯気の立つロールパンを頰張《ほおば》りながら、密《ひそか》がつぶやいた。

「今日のパンは、臣《おみ》くんが作った自家製パンだよ」

「いっぱい焼いたから、おかわりもあるぞ」

いづみもロールパンをちぎって口に放り込むと、パンが山盛りになった籠《かご》を手に、臣がキッチンから顔を覗《のぞ》かせた。

「よかったね、密」

東が密に微笑《ほほえ》むと、密は無言でこっくりとうなずいた。

「今日の稽古《けいこ》は昼までですよね。十二時には終わりますか？」

「はい。何か予定でもあるんですか？」

いづみは紬の言葉にうなずいて、聞き返す。

「バイトです」

「俺も」

「ワタシも今日は出版社で打ち合わせなんだ」

紬に続き、丞《たすく》と誉も声をあげた。

「……オレもバイト」

「え!?　密さんも？」

いづみが驚《おどろ》きの表情を浮《う》かべると、紬が横から口を挟《はさ》んだ。

「丁度短期のバイトを募集《ぼしゅう》してたから、紹介したんです。何か、記憶《きおく》を取《と》り戻《もど》すきっかけになるかもしれないと思って」

「なるほど。たしかに、密さんも昔働いてたはずですもんね」

「あんまり想像できないけどな」

丞が付け合わせのサラダを食べながら、涼《すず》しい顔で告げる。

「もしかしたら、ワタシと同じ詩人だったかもしれないよ。ささやく小鳥、風に揺《ゆ》られるツリー、果て無きポエマー……」

「それなら、口を開いただけですぐにわかりそうですね」

「たしかに……！」

いつもの調子で詩を諳《そら》んじる誉に、紬が微笑むと、いづみが深くうなずいた。

「カントクの予定は？」

東に問いかけられると、いづみは首をかしげた。

「んー、そうですね……じゃあ、私も買い物でも……」

「ダメ」

「え？」

思いがけない言葉にいづみが目をぱちくりさせていると、東はいたずらっぽく笑う。

「みんないなくなっちゃったら、遊び相手がいなくてつまらないでしょ」

「あはは。すぐに帰ってきますよ」

いづみは軽い調子でそう返すと、二つめのロールパンに手を伸《の》ばした。


「それじゃ、いってきます」

「いってくるよ」

「……いってきます」

昼食を終えて出かけていく紬、誉、密を東が見送る。

「いってらっしゃい。みんな、仕事がんばってね」

「帰りは遅《おそ》くならないと思いますから」

最後にいづみがそう言い残して靴《くつ》を履《は》いていると、東がくすっと笑《え》みを漏らした。

「子供じゃないいんだから」

「いってきます」

「いってらっしゃい……早く帰って来てね」

東はそう告げると、どこか寂《さび》しげな表情で手を振《ふ》った。

（なんだか東さん、本当に寂しそうだな。早く帰ってこよう）

いづみは東の表情に違和感《いわかん》を覚えながら、玄関扉《げんかんとびら》を閉じた。

いづみが帰宅したのはその数時間後だった。

玄関から声をかけ、東の部屋がある二階へと上がる。

「ただいまー」

「東さん、いますか？　帰りにおいしそうなたい焼き見つけたので、お土産《みやげ》に――」

部屋の外から声をかけるが、一向に返事はない。ノックをするも、静まり返ったままだった。

「あれ？　いないのかな」

再び階段を下りて談話室を覗いてみるが、誰もいなかった。

（どこかに出かけちゃったのかな……）

いづみはいつになく静まり返った談話室のダイニングテーブルに、お土産のたい焼きをそっと置いた。


「ごちそうさまでした」

「……ごちそうさま」

バイトから帰宅した紬と密が少し遅めの夕食を終えると、一足先に食べ終わっていたいづみが首をかしげた。

「東さん、まだ帰ってきてないのかな」

「姿は見てませんね」

「こんな時間までいないのは珍《めずら》しいな」

紬が答えると、ソファに座《すわ》っていた丞もそういえば、といった様子で時計を見る。

「休職中だと言ってたしね」

誉も丞にうなずいた。

「一応、東さんの分のごはんも残しときましょう」

いづみはそう言いながら、後片付けのためにキッチンへと向かった。

結局その日いづみが東と顔を合わせることはないまま翌朝を迎えた。朝練の時間に東が稽古場に顔を覗かせる。

「おはよう」

「おはようございます」

いづみが笑顔《えがお》で応える。

「昨日はずいぶん遅かったんですね」

「ああ、ちょっとね」

東はあいまいに笑うと、それ以上特に何も言おうとはしなかった。

(大人だし、付き合いとか色々あるのかな)

いづみはそう結論付けると、メンバーを集合させた。


「あれ？　今日も東さん、いないの？」

その夜、談話室を見回して、いづみが首をかしげた。

「そうみたいです。夕方頃《ごろ》出かけて行きました」

「そうなんだ……」

紬の説明を少し拍子《ひょうし》抜《ぬ》けしたような表情で聞く。

「……忙《いそが》しそう」

「まあ、稽古には出てるから問題はないが……」

密と丞の言葉を聞きながら、いづみは思案顔で視線を落とした。


それからしばらく夕食の時間に東の姿がない状況が続いた。

(東さん、今日も晩御飯《ばんごはん》までに帰ってこなかった……これで一週間だ)

気になって、ずっと談話室で待っていたいづみは、すっかり片付いてしまったキッチンを見て小さくため息をつく。

(最初は単に忙しいのかと思ってたけど、いくらなんでも、ちょっとおかしいよね。相変わらず稽古にはちゃんと出てるし、様子が変っていうことでもないんだけど……東さんもいい大人なんだし、私が気にしすぎなのかな)

考えがまとまらないまま、手を拭《ぬぐ》ってキッチンを出たいづみを、紬が呼び止めた。

「カントク」

「あ、紬さん」

「ちょっと、相談があるんですけど」

「相談?」

「東さんのこと、最近外出が多いので少し気になってしまって」

「紬さんも気にしてたんですね。私も同じこと考えてました」

「何かトラブルに巻き込まれたとかじゃなければいいんですけど」

紬が表情を曇《くも》らせると、いづみが目を丸くする。

「トラブル!?」

「無理やり付き合わされてるとか……」

「た、大変じゃないですか！　探しに行きましょう！」

「いえ、あくまでも可能性の話で――」

慌《あわ》てて談話室を出ようとするいづみを、紬が止める。

「でも、心配じゃないですか！」

「……そうですね。いずれにしろ、きちんと話をしたいですし、探しに行きましょう」

いづみの主張を受けて、紬はわずかに考えた後真剣《しんけん》な表情でうなずいた。


「とはいえ、どこを探せばいいんでしょう」

いづみは途方《とほう》にくれた表情で、観劇帰りの人々でごった返す天鵞絨《びろうど》駅前を見回した。

どの劇場もソワレの終演時間が同じくらいなこともあって、天鵞絨駅のこの時間帯はいつも混雑する。

「飲み屋街の方で見かけたという話を聞きました」

「じゃあ、そっちの方に行ってみましょう！」

いづみは紬にうなずくと、飲み屋が連なる一角へと足を向けた。


小一時間ほどあちこちの店を覗いたものの、それらしき姿はなかった。

「うーん、見つかりませんね……」

「あと、いそうなところは……」

いづみと紬がぐるりと辺りを見回した時、いづみの視界の端《はし》を東の姿がちらりと横切った。

「あ!!」

「え？」

いづみが人並みに見《み》え隠《かく》れする東の方を指し示す。

「あそこ！　マダムっぽい人と一緒《いっしょ》にいるの、東さんじゃないですか!?」

「――追いかけましょう！」

紬も東を認めて、いづみと共に駆《か》け出す。

「東さん！」

いづみが呼びかけると、東ははっとしたように足を止めた。

「探しましたよ」

「どうしたの、二人とも」

東は紬といづみの顔を見比べて一瞬《いっしゅん》気まずそうな表情になるも、すぐに取《と》り繕《つくろ》うように微笑んだ。

「今日は何時に帰るんですか？」

「え？　いきなり、何の話？」

いづみの問いかけに、ぽかんとした表情を浮かべる。

「毎日帰りが遅いので心配してたんです」

「あらあら、保護者のお迎《むか》え？」

高級そうなコートを羽織った女が、東に微笑む。

「──すみません。気にしないでください」

東はそう言って女を促《うなが》すと、一歩踏《ふ》み出す。

「東さん──」

「悪いけど、これから予定があるんだ」

いづみがまだ話は終わっていないと呼び止めると、東はやんわりとした口調ながらきっぱりと言い切る。

「ちゃんと話したいことがあるので、帰ってくるまで待ってます」

「待たなくていいから。帰らないし」

東らしからぬあからさまな拒絶《きょぜつ》に、いづみが言葉を失う。

「行きましょう」

東はそんないづみからそっと視線をそらすと、連れの女を伴《ともな》って歩き始めた。

「いいの？」

「……ええ」

女が気づかわしげにたずねるが、東は振り返ることもなく去っていった。

「東さん……」

「……帰りましょうか」

呆然《ぼうぜん》と東を見送ることしかできないいづみに、紬がそっと声をかける。

（一体どうしたんだろう。あんなに頑《かたく》なな様子、今まで見たことなかった）

東はどんな状況でも、余裕《よゆう》があり、一歩引いたところから意見を言うようなところがあった。感情的な部分を見せることもなく、誰かを批判することもなければ、衝突《しょうとつ》することもない。それだけに、東からの拒絶はいづみにとって衝撃《しょうげき》だった。

翌日、いづみはあくびを噛《か》み殺《ころ》しながら朝練に向かった。昨晩、帰宅後も東のことが気になって、帰りを待ってみたものの、結局東は宣言通り帰ってこなかった。

「おはよう」

いづみに少し遅《おく》れて、東が稽古場に現れる。

「おはようございます」

いづみが少しぎこちなく返すと、東がすまなそうな表情で微笑んだ。

「昨日はごめんね」

「いえ……」

「東さん、毎日どこに出かけてるんですか？」

紬が東をまっすぐに見据《みす》えて問いかけると、東はそっと視線を落とした。

「……仕事、また始めようかと思うんだよね」

「仕事って、添《そ》い寝屋《ねや》さんですか？」

いづみが聞き返すと、あっさりうなずく。

「うん。だから、寮《りょう》出ようかな」

「え!?」

あまりにも唐突《とうとつ》な言葉に、いづみが声をあげる。

「何も寮を出なくても……」

「でも、生活のリズムが違《ちが》うと、みんなにも心配をかけるし」

紬の言葉に、東は困ったような表情で首をかしげる。

「たしかに、二食付きの恩恵《おんけい》にあずかれないのは、デメリットかもしれないね」

「……引《ひ》っ越《こ》し」

誉が冷静に、東の判断について感想を述べると、密が何を考えているかわからない無表情でつぶやく。

「まあ、近くに住むなら稽古には通えるわけだし、いいんじゃないか」

「そうだね……」

以前はGOD座《ゴッドざ》に寮がなかったため、必然的に部屋を借りていた丞があまり気にした様子もなく告げると、東がぼんやりと相槌《あいづち》を打つ。

「俺がいたずらに騒《さわ》いだせいなら、これからは気をつけます」

「いや、いいんだ。ボクもその方が気楽だし……」

紬の謝罪に、東は首を横に振ったが、その表情はどこか晴れない。

「東さん、本気ですか？」

いづみが東の顔をじっと見つめながらたずねると、東は何かをごまかすように微笑んだ。

「ん？　……どうして？」

「いえ……」

（なんだか浮かない顔してるし、本当に寮を出たいわけじゃなさそうなんだけどな……）

いづみは東の表情に引《ひ》っ掛《か》かりを感じながらも、それ以上何も言い出せなかった。


それから少し経《た》ったある日の夜、談話室は全団員が集まってにぎやかな雰囲気《ふんいき》に包まれていた。

一人一人グラスを持ったのを確認すると、紬が立ち上がる。

「それでは、これより東さんの送別会を始めます。東さんの新生活を祝って乾杯《かんぱい》！」

「……乾杯」

「かんぱい～！」

密がグラスを握《にぎ》り締《し》めてつぶやくと、三角《みすみ》が元気よくグラスを頭上に掲《かか》げた。

乾杯の音頭《おんど》を取って腰《こし》を下《お》ろす紬と入《い》れ替《か》わりに、誉がゆっくりと立ち上がる。

「東さんの新たな門出《かどで》を祝う詩を作ったよ」

そう言って、左手を胸に当て、右手を東の方へ向ける。

「ニューウェーブ、海を走るウェーブ、ワタシの髪《かみ》もウェーブ……遙《はる》かなブリリアントウエイ、きらめくイェイイェイ……」

恍惚《こうこつ》とした表情で暗誦《あんしょう》する誉を、じっと見ていた十座《じゅうざ》がこっそり隣の万里《ばんり》に声をかけた。


「イェイイェイってなんだ」

「知るか。俺に聞くな」

「楽しげな雰囲気を出そうとしたんじゃないか」

万里の代わりに臣が答える。

「なるほど」

「本当かよ」

十座が感心したようにうなずき、万里が鼻を鳴らした。

「東さん、この詩を胸に、ＭＡＮＫＡＩ寮での生活を思い出してくれたまえ！」

「劇団を辞《や》めるわけじゃないんだけどな」

誉が大仰《おおぎょう》な仕草で今生《こんじょう》の別れのような言葉を贈ると、東が苦笑《くしょう》した。

「お祝いに、きらきらさんかくあげる〜！」

誉に続いて、三角がサングラスを東に差し出した。

「きらきらさんかく？　そのサングラスのことかな？」

首をかしげながら、色が濃《こ》く鋭角《えいかく》な三角形のレンズが特徴《とくちょう》的なサングラスを受取る。

「さっきそこで、こそこそしてたオジサンがつけてたからもらっちゃった」

「もらっちゃだめだろ」

「返してこないと！」

「ええ～」

万里といづみに同時に突《つ》っ込《こ》まれ、三角が不満そうに口をとがらせる。

「というか、こそこそしてたオジサンって誰？」

「なんか～あやしいオジサン～？」

紬が不思議そうにたずねると、三角があいまいな返事をする。

「不審者《ふしんしゃ》!?」

「みなさん、怪《あや》しい人を見かけたら、すぐ110番ですよ！」

いづみが目を丸くし、支配人があわあわと注意を促した。

「……東、引っ越しは？」

「これから片づけるつもりだよ」

マシュマロをつまみながらたずねる密に、東がグラスを傾《かたむ》けながら答える。

「引っ越し屋さんくるの、明日じゃなかったですか？」

「そうなんだよね。今日は徹夜《てつや》かな」

いづみの言葉に、東は一向に焦《あせ》った様子もなく微笑む。

「ええ!? こんなことしてる場合じゃないじゃないですか！」

「俺、手伝いますよ」

いづみが驚いていると、紬がそう申し出る。

「さっさと片づけましょう」

「しかたがないね」

「……手伝う」

丞に続き、誉、密も腰を浮かせた。

「みんなありがとう。いらない段ボールとかあるかな」

「それなら、倉庫にいっぱい余ってますから、使ってください～」

東の悠長《ゆうちょう》な問いかけに、支配人がすかさず答える。

「東さん、一緒に取りに行きましょう」

「悪いね」

いづみは東を誘《さそ》って、さっそく倉庫へと向かった。


階段の前を通り、奥《おく》の浴室と洗面所の方へと歩いていく。

「倉庫なんてあったんだね」

「普段《ふだん》はほとんど使わないので、私も入《つ》ったことないです」

東といづみはそんな話をしながら、突き当《あ》たりを曲がった。

「そ、そうですよね……」

いづみは不安の色を隠《かく》せないまま、壁を背にしてその場に座り込んだ。やがて暗がりに目が慣れて、お互《たが》いの姿を確認できるようになると、いづみも少し落ち着きを取り戻していた。

最初はとりとめのない話をしていたものの、時が過ぎるごとに不安が増してきて、口数が減ってくる。どちらからともなく黙《だま》り込んだ後、いづみが沈黙《ちんもく》に耐《た》えかねたように口を開いた。

「……もうどれくらい経ったんでしょう」

「……意外とみんな気づかないね。ボクたちのことなんか忘れちゃったかな」

東が冗談《じょうだん》っぽく告げると、いづみが身を乗り出す。

「そんなわけないですよ！」

「そうかな……」

「やっぱり『開かずの間』なんじゃ……！」

「まあまあ、慌ててもしょうがないよ。もう遅いし、ひと眠《ねむ》りしよう」

再び恐怖《きょうふ》に震えるいづみを、東が柔《やわ》らかな口調でなだめる。

「こんな状況で眠《ねむ》れません！」

「密だったら一秒だよ」

「あれは密さんだからです！」

「ふふ。そうだね」

いづみが例外中の例外だと主張すると、東が微《かす》かに笑い声を漏らした。

あくまでもいつもの調子を崩《くず》さない東の態度に、いづみは小さく息をつくと、肩の力を抜《ぬ》いた。


「……ん？」

どのくらい時間が経ったのか、いづみはふと目を覚ました。

（いつの間にか眠ってたんだ）

気づけば室内を包んでいた暗闇は薄《うす》まり、窓の外には白んだ空が見える。

（そろそろ夜が明けかけてるけど、誰も探しに来ない……私たちがいなくなったことに誰も気づかないなんて、おかしいよね……）

いづみが違和感を覚えた時、隣に座っていた東がぴくりと身じろぎをした。

見れば、東は眠ったまま苦しげに眉根《まゆね》を寄せている。

「……嫌だ、待って」

うわごとのようにつぶやく東の肩に、いづみがそっと触れる。

「東さん？」

東は眠りの中にとらわれたまま、体を縮こまらせた。その額に玉のような汗がにじんでいる。

「東さん！」

尋常《じんじょう》ではない様子を見て、いづみが慌てて東の肩を強く揺《ゆ》らす。

「あ……」

ようやく目を開けた東が、ぼんやりと視線をさまよわせた後、いづみに焦点《しょうてん》を合わせた。

「大丈夫《だいじょうぶ》ですか？」

「ごめん……」

額の汗をぬぐいながら、深呼吸をする。

「悪い夢でも見たんですか？」

「うん……子供の頃の夢」

東は床《ゆか》に視線を落とすと、ぽつりと答えた。その表情はどこかうつろで、まだ意識がここではないどこかにあるかのようだった。

(ずいぶんうなされてたから、子供の頃に何かあったのかな……気になるけど、聞きにくい……)

いづみがためらっていると、東がいづみの顔をちらりと見やった。

「気になる？」

「あ——すみません」

「いいよ。カントクには話しておこうかな」

東は一つ息をつくと、先を続けた。

「……ボクの家族は、ボクが小学生の頃に交通事故で亡《な》くなってね」

「え？」

思いがけない告白に、いづみがわずかに目を見開く。

「ボクはその日、たまたま家で一人で留守番してたんだ。ずっと待っていたけど、いつまで経っても、誰も帰ってこなかった。暗くなっても一人ぼっちで、すごく心細かった」

東が遠い過去に思いをはせるように、頭上の窓を見上げる。

「たまに、その時のことを夢でみるんだ。ボクがいくら呼んでも、ボク一人を置いて家族が消えてしまう夢。夜、一人でいると、どうしてもその時のことを思い出してしまって、眠れないんだよ。添い寝屋を始めたのもそのためなんだ。誰かといると、気が紛《まぎ》れるから」

「そうだったんですか……」

「でも、添い寝屋をしていても、朝、お客さんが帰ってしまえば、結局一人になる。ずっと、孤独感《こどくかん》がいやされることはなかった。ここでなら、もっと誰かと深く繋《つな》がれると思ったんだ。そうしたら、一人でいても心細くなくなるかと思った」

東はいづみに微笑んでみせると、でも、と視線を床《ゆか》に落とした。

「みんなと一緒にいる時は良くても、その分、一人になった時に今まで以上に寂しいと思うようになった。きっと、ボクはどこにいても、独りなんだ。それはどうやっても変わらない」

瞳《ひとみ》を伏《ふ》せた東の長いまつげが震える。白い顔に寂しさや孤独が色濃《いろこ》く表れていた。それは年齢《ねんれい》も性別も感じさせない東が、初めて見せた人間臭《くさ》い感情だった。

以前、ビロードウェイで万里と十座の姿を見かけた東は、二人の関係を『うらやましい』と言った。MANKAIカンパニーへの入団を決めたのも、そのことがきっかけとなったのだろう。

突然家族を失った東は、家族のぬくもりを知っているからこそ、余計に強い孤独にさいなまれた。同時に、家族以外の他者との結び付きに恋焦《こいこ》がれる。けれど、結局は、満たされることがないと知り絶望する。それを今まで幾度《いくど》となく繰《く》り返《かえ》してきたのかもしれない。

それなりの年月を生きてきたからこそ、諦《あきら》めることにも、孤独と折り合いをつけることにも慣れる。東はすべてを覆《おお》い隠《かく》すように寂しげに微笑んだ。

「そんなことありません！」

いづみが力いっぱい否定する。

「みんなと深く繋がれないなんて、そんな悲しいこと言わないでください。芝居《しばい》をしているとき、誰かとつながっているような気持ちになりませんか？」

すがるような目で、いづみが東を見つめる。

「……え？」

「みんなと一緒に舞台《ぶたい》を作ってるとき、一体感を覚えませんか？」

「一体感……」

芝居は独立した舞台という空間に役者を閉じ込め、作り上げる架空《かくう》の時間、いわばまがい物だ。芝居をしている間、役者同士のやり取りは普段ではありえないほど密になる。その瞬間《しゅんかん》の一体感を、以前役者として舞台に立っていたいづみは知っていた。

今は舞台に立っていなくとも、同じ目標を掲げ日々稽古を積んでいる中で覚える一体感は変わらない。いづみはそれを東に伝えたかった。

「東さんは独りなんかじゃありません！　だって――」

言《い》い募《つの》ろうとした時、ドアの外から声が聞こえてきた。

「……ここのドアは？」

「こんなのあったか？」

紬に続き、丞の声がする。

「ここはさっき探したと思ったんだけど」

「……なかった」

誉の言葉を、密が短く否定する。

「バカな。ドアが突然現れたというのかい？」

「とにかく、開けてみましょう！」

紬の声と同時に、ドアががたりと音を立てる。瞬間、いづみと東が同時に息を呑《の》んだ。

「この声は……」

いづみが固唾《かたず》を呑んで見守る中、ドアがゆっくりと開かれた。

「開いた……！」

「いた！」

喜びがにじんだいづみの声に、紬の声が重なる。

「こんなところにいたのか」

「まったく、何をやっていたのかね」

「……探した」

紬の後ろから、丞、誉、密が部屋に入ってくる。あきれ交じりの声だったが、その表情には一様に安堵《あんど》の色が見えた。

「ボクたちを……？」

東がいつになく呆《ほう》けたような表情でたずねると、紬が微笑んだ。

「段ボールを取りに行ったきり、戻《もど》ってこないので、ずっと探していたんですよ」

「よかった……ずっとここのドアが開かなかったの」

いづみが心底ほっとしたようにため息をつく。

「ドアが？」

「鍵なんてかかってなかったけどな」

紬と丞は不思議そうに首をかしげると、ドアを振り返った。

「ほら、東さん、独りじゃありませんよ。みんながいるじゃないですか。それに、朝が来たら毎日必ずみんなと会えます。忘れたんですか？」

いづみが紬たちを示しながら、東に微笑みかける。東は何度か瞬《まばた》きをすると、ゆっくりと仲間の顔を見回した。

劇団に入ってから、顔を合わせない日はないメンバーだ。毎朝、必ず共に稽古をして、共に食事をとる。東は改めて確認するかのように、一人一人の顔を見つめた。

「なんの話だ？」

「こっちの話です」

怪訝《けげん》な顔をする丞に、いづみがあいまいにごまかす。

「……みんな、ありがとう」

東は一瞬泣きそうに眉《まゆ》を下げると、ふわりと微笑んだ。

「心配しましたよ。さ、行きましょう」

紬も笑顔で手を差し伸べた。

廊下《ろうか》に出ると、窓から朝陽《あさひ》が差し込んできた。

「さっさと引っ越し準備を進めなければ」

「……あと四時間しかない」

誉と密が時計を確認しながら、急《せ》かすように告げる。

「間に合うのか？　全然進んでないぞ」

丞が眉を顰《しか》めると、東が首を横に振った。

「いや——引っ越しはやめるよ」

「え？」

「寮に残るんですか？」

紬が驚いたようにたずねると、あっさりとうなずく。

「準備も大変だしね」

「なんだそれ」

「そうですか……」

涼しい顔で引っ越しを撤回《てっかい》する東に、丞はあきれたような表情を浮かべたが、いづみはただ静かにうなずいた。

「これからもよろしくお願いしますね」

「ああ」

いづみが微笑むと、東もにっこりと微笑み返した。その表情に、もう寂しさは見えない。

「ふあぁ……それじゃあ、ちょっとひと眠りして……」

「……朝練の時間」

あくびをする誉を密がつつく。

「もうそんな時間!?」

いづみも驚いたように時計を見た。

「まさか、このまま徹夜でやるのかね」

「当然だ」

「もちろんですよ」

誉の言葉に、丞と紬が間髪《かんはつ》入れずに答える。

(さすが、ストイックだ……!)

まったく迷いのない二人にいづみは感心してしまう。

「そういえば、さっきの部屋、結局何の部屋だったんですか?」

「倉庫じゃないの?」

紬の問いかけに対し、東が逆に聞き返す。

「倉庫はもっと奥にありましたよ」

「え？　じゃあ……」

と、いづみが振り返った時、同じように振り返った誉が怪訝《けげん》そうに眉をひそめた。

「ないね」

「あれ⁉　ドアがない⁉」

さっき出てきたドアが、今は跡形《あとかた》もない。ただ壁が続いているだけだ。

「不思議だね」

「……またか」

東は心底不思議そうに首をかしげたが、丞はうんざりした様子でつぶやくだけだった。

いづみたちは結局そのまま、紬と丞によって強制的に稽古場に連行された。

「ふああ……」

「……すぅすぅ」

「抜《ぬ》け駆《が》けはずるいぞ、密くん！」

大きなあくびをする誉の横で、密は早々に寝息《ねいき》を立てている。

「ちょっとだけ仮眠《かみん》をとりましょうか。このままだと、さすがに稽古にならなそうです」

「そうですね……」

いづみが誉の方を見ながら提案すると、紬も同意した。

「あれ？」

いづみが振り返ると、いつのまにか東が椅子《いす》に座って舟《ふね》をこいでいた。小さな寝息が漏れてくる。

「寝《ね》ちゃいましたね」

いづみが口元に笑みを浮かべながら声をひそめると、紬も微笑みながら小さくうなずいた。

（さっきとは違って、穏《おだ》やかな寝顔《ねがお》……安心したのかな。よかった……みんなここにいますよ、東さん）

苦悶の色など一切《いっさい》ない東の顔を見つめながら、いづみは心の中でそっと語りかけた。

第6章 不協和音

稽古場《けいこば》にはいつにない緊張感《きんちょうかん》が漂《ただよ》っていた。その発生源となっている鹿島雄三《かしまゆうぞう》がわずかに身じろぎした途端《とたん》、椅子《いす》が軋《きし》む。

「……ふむ」

「……ど、どうでしょうか？」

たった今見せられた通し稽古の内容を値踏《ねぶ》みするかのように腕《うで》を組んだ雄三に、いづみが恐《おそ》る恐《おそ》る声をかける。

（今回はいつもよりも早い段階で雄三さんに見てもらったけど、大丈夫《だいじょうぶ》だったかな……）

春組《はるぐみ》の公演から指導を頼《たの》んでいる雄三は、元々初代ＭＡＮＫＡＩカンパニーの団員だった。今は後進を育てる立場ということもあり、昔のよしみで新生ＭＡＮＫＡＩカンパニーの指導に当たっていた。毎回、初めて稽古を見せる時は、毒舌《どくぜつ》の雄三からこれでもかとダメ出しされるのが恒例《こうれい》となっている。

いづみがびくびくしながら雄三の返事を待っていると、雄三が小さく鼻を鳴らした。

「今までの組で一番出来上がってる。細かい部分を詰《つ》めてけば、問題ないだろう」

「本当ですか！　良かった！」

いづみの顔がパッと明るくなる。

(やっぱり、冬組《ふゆぐみ》は早めに見てもらって良かった)

経験者の丞《たすく》と紬《つむぎ》、それに芝居《しばい》の技術が高い密《ひそか》もいるとあって、冬組は他の組よりも仕上がりが早かった。

「――ただし」

低く付け加えられて、いづみがびくっと肩《かた》を震《ふる》わせる。

「おい、リーダー。もう全員で飲みに行ったのか？」

雄三は身構えるいづみから、す、と紬に視線を移した。

「え？　いえ……」

「お前らにはまだ距離《きょり》を感じる。そういうのは芝居にも出るからな」

雄三が見透《みす》かすように告げると、紬は図星を突《つ》かれたかのように沈黙《ちんもく》した。

(大分仲良くなったと思ったけど、やっぱりまだまとまるっていう課題はクリアできていないんだな)

他の組と違《ちが》って、冬組は表面的に何か問題があるわけではない。紬と丞の関係が改善されてから、雰囲気《ふんいき》が悪くなることもなかった。ただ問題がないだけで、団結しているとも言いがたい。

紬は少し考えた後、ためらいがちに口を開いた。

「あの……今夜、飲みに行きませんか」

「そうだな」

「ワタシは構わないよ」

「……行く」

丞、誉《ほまれ》、密があっさりうなずく。

「ボク、良《い》い店知ってるから予約しとくよ」

東《あずま》が微笑《ほほえ》むと、紬はいづみの方に顔を向けた。

「カントクも良かったら」

「喜んで！」

いづみも一も二もなく答えた。

その夜、東の案内で訪《おとず》れたのは雰囲気の良いバーだった。客層が落ち着いているせいか、それなりに客がいるわりに静かで、薄暗《うすぐら》い店内にはゆったりとした時間が流れている。

「こんな店知ってるなんて……さすが、東さん」

いづみが場慣れしない様子で声をひそめると、紬もそっと微笑んだ。

「こういうバー、来たことないです」

「なかなかいい趣味《しゅみ》の店だね」

「昼はカフェの営業もしてるんだよ。静かだし、ゆっくりできるから色々話すにはいい店だと思って」

誉がすっかり気に入った様子でソファに身をゆだねると、東はうれしそうに笑った。

東が慣れた仕草で注文すると、間もなくシャンパンが運ばれてくる。

「それじゃあ、さっそく乾杯《かんぱい》しましょうか！」

いづみがグラスを掲《かか》げると、丞もそれに倣《なら》いながら首をかしげた。

「何に？」

「じゃあ、東さんが再び寮《りょう》に残ったことを祝って――」

「そこなの？」

「まあまあ、いいじゃないですか」

複雑な表情で苦笑《くしょう》する東に、紬が笑いかけながらグラスを持ち上げる。

「乾杯！」

いづみが軽くグラスを上げると、紬と丞がそれに続いた。

「乾杯」

「乾杯」

「……ごくごく」

「密は意外と飲めるんだね」

密がけろりとした顔であっという間に飲み干してしまうのを見て、東が二杯目を注いでやる。

「そういえば、今日の雄三さんチェック、よかったですね。あんなに優《やさ》しいのは珍《めずら》しいんですよ」

いづみが少し興奮した様子で告げると、紬が意外そうな顔をする。

「そうなんですか？」

「いつも日本刀で一刀両断って感じで、ずばずば一人ずつ斬《き》られていきますから！」

「へえ。細かい指摘《してき》はあったけどな」

「うん。すごく勉強になった」

丞の言葉に、紬がうなずく。二人の顔に、雄三の指導に対する悪感情は一切《いっさい》浮《う》かんでいない。

「冬組は仕上がるのが早いです」

春夏秋《なつあき》と雄三にけちょんけちょんにされてきたのを見ていただけに、いづみがしみじみとつぶやく。

「頼もしい経験者が二人いるからね。密も経験者の可能性があるし」

「東さんも誉さんも、お芝居に向いてるんですよ。舞台《ぶたい》向きなんでしょうね」

「たしかに、未経験にしては上達が早い」

東に持ち上げられた紬と丞が、逆にほめ返す。

和《なご》やかな雰囲気の中、いづみがわずかに表情を曇《くも》らせた。

「ただ、今回はGOD《ゴッド》座《ざ》に勝つのが目的なので、目指さないといけないレベルがエベレスト並みに高いんです」

「そうなんですよね。そのためにも、メンバー同士の距離を縮めないと」

紬もその頂《いただき》の高さを思い出したように、硬《かた》い表情になった。

「ふむ……とはいえ、どうしたものかな」

「じゃあ、プライベートなことでも話しましょうか」

誉が思案顔で首を傾《かたむ》けると、紬が提案する。

「今更《いまさら》話すことないだろ」

「そりゃあ、丞と俺《おれ》はね。でも、みんなのことは知らないし」

「プライベートなことって例えば？」

丞の問いかけに、紬がうーん、と小さく唸《うな》る。

「恋愛《れんあい》とか？」

東が口元に微《かす》かな笑《え》みを浮かべると、紬がはっとしたような顔になる。

「そういえば、他の組もコイバナしたってリーダー会議で……」

「恋愛か……」

誉の表情が曇った時、密が空《から》のグラスを、つ、と前に出した。

「……おかわり」

「密さん、よく飲むね!?」

いづみが驚《おどろ》きながらも、シャンパンをもう一杯注いでやる。

「誰《だれ》から話すんだ？」

丞がぐるりとテーブルを囲むメンバーの顔を見回す。

「えっと、じゃあ、カントクから」

「私ですか!?」

紬に突然《とつぜん》指名されて、いづみが目を丸くする。

「たしかに気になるな。結婚《けっこん》の話とかないの？」

「ええ!?　いや、結婚なんて全然……それより演劇のことで頭がいっぱいなので」

東に単刀直入にたずねられて、もごもごと答える。

「付き合った人はいたんですか？」

「いるにはいましたけど、劇団仲間の延長だったんで、なんだかんだでうまくいかなかったですね」

紬の問いかけに対し、いづみが昔を思い出したように苦笑する。

同じ立場同士の恋愛は難しい。演劇論でぶつかることもしばしばで、共に同じ目標を目指しているうちはよくても、バランスが崩《くず》れれば関係を続けるのは困難だった。

「過去形だ」

「今はMANKAIカンパニー一筋です！」

東の指摘に、いづみは、ぐ、と拳《こぶし》を握《にぎ》り締《し》めた。

「なるほどな」

「はい、次は紬さん！」

丞が納得《なっとく》したようにうなずくと、すかさずいづみは紬にバトンを渡《わた》した。

「指名制ですか？」

「私だって話したんですから！」

「それもそうですね……」

最初に指名した負い目もあってか、苦笑いをしながら素直《すなお》に納得する。

「俺は一旦《いったん》演劇を離《はな》れて就職した時に、初めて女性とお付き合いしました」

「え!?」

紬の告白を聞いて、一番紬のことを知っていそうな丞が驚きの声をあげる。

「あれ？　言ってなかったっけ」

「まあ、音信不通だったしな。というか、それまで彼女《かのじょ》いなかったのか」

「いなかったよ。モテないの知ってるでしょ」

「いや、お前のことだからうまく隠《かく》してるのかと思った」

よほど意外だったのか、丞がまじまじと紬の顔を見つめる。

「丞さんも知らなかった新事実ですね。何年くらい付き合ったんですか？」

いづみが問いかけると、紬は記憶《きおく》をたどるように視線を流した。

「一年かな……また演劇を始めるって決めて、今まで通りのお付き合いができないからって、別れました」

「……あっさり」

「そうだね……嫌《きら》いになって別れたわけじゃないから、彼女も理解してくれたよ」

密がぼそっと突《つ》っ込《こ》むと、紬は困ったように微笑んだ。

「はい、次は丞」

「俺か……今まで付き合ったのは三人。それなりに長続きして、いい恋愛だったと思う」

紬に指名された丞が、淡々《たんたん》と答える。

「丞はモテるんだよね。女の人にも男の人にも」

「男の人にも!?」

紬の言葉に、いづみが驚いて聞き返す。

「モテるっていうか、ファンだって言ってくるやつがいるだけだ」

「公演の度、差し入れがいっぱいくるから丞だけ荷物が多くてね」

「有名税だって言って、お前も一切持ち帰るの手伝わないからな」

「みんな丞のためを思ってくれたんだから、そこは丞が責任持たないと」

紬がにっこり微笑むと、丞の恨《うら》み節《ぶし》が途切《とぎ》れる。

「人気者も大変だね」

二人のやり取りを聞いていた東が、小さく笑いを漏らした。

「次は……御影《みかげ》」

丞が隣《となり》の密を指名する。

「……覚えてない」

「だよねー」

予想通りの答えに、いづみがうんうん、とうなずく。

「だったら恋愛観でいい」

「どんな人がタイプとか」

「……自立してる人」

丞と紬の言葉を受けて、密は少し考えた後ぽつりと答えた。

「へえ。大人の相手が好みってことか」

「……ベタベタしたくない」

「なんか、わかる気がする」

丞に意外そうな顔をされた密が説明を付け加えると、東が微笑んだ。

「次は誰にする？」

「……東」

いづみの問いかけに、密が東を指定する。

「ボク？」

東はグラスを傾けながら、考え込むように間を置いた。

「ボクは……恋人《こいびと》って言っていいのかどうかわからない人が結構いるから、難しいな」

「え？　それって……」

「ほら……××とか××だけするような関係とか、××するだけで満たされる関係ってあるじゃない？」

いづみが戸惑《とまど》いがちに言葉を濁《にご》すと、東はやんわりとした口調ながら直接的な単語を連呼する。

さっといづみの顔が赤く染まった時、丞が咳払《せきばら》いをした。

「東さん、その辺で……」

「自主規制お願いします」

「あれ？　ダメだった？」

丞と紬に止められ、東はいたずらっぽく微笑んだ。

「それじゃあ、最後は誉さんですね」

紬がアンカーにバトンを手渡《てわた》すと、誉はグラスの中身を飲み干して、静かに置いた。

「……ないね」

「え？」

いつになく硬い口調で短く告げた誉を、いづみがぽかんとした表情で見つめる。

「話すことなどないよ」

「恋愛経験がないってことか？」

「それなら、好きなタイプとか」

丞と紬の問いかけに、誉はきっぱりと首を横に振《ふ》る。

「……ないね」

「ええ!?　恋愛観とかもないんですか？」

「ないよ」

いづみが重ねてたずねるも、誉の返答は頑《かたく》なだった。

（意外だな。こういう時、一番熱く語りそうなのに）

いつもの饒舌《じょうぜつ》さはすっかり影《かげ》をひそめ、ただ顔をうつむかせる誉を、いづみが不思議そうに見つめる。

「あれ、もしかして誉って、人には言えないような性……」

「はい、東さんストップ」

冗談《じょうだん》か本気かわからない口調の東を、丞がすかさず止めた時、誉がぱっと顔を上げた。

「閃《ひらめ》いた！」

その場にいた全員の頭に？マークが浮かんだのと同時に、誉がすうっと大きく息を吸《す》い込《こ》む。

「突《つ》き刺《さ》さるアイライン、ワタシを貫《つらぬ》くスナイパー……デンジャラスなフレグランス、スキャンダラスなサングラス～」

「なんですか、それ!?」

「相変わらず独創的だね」

「意味が分からん」

いづみが思わず突っ込むと、東は面白《おもしろ》そうに感想を述《の》べ、丞はバッサリと切り捨てる。

「詩は考えるものではない。感じるものだよ」

「まあまあ、今日はお互《たが》いを知るという主旨《しゅし》なので、教えてください」

説明する気は一切ないといった様子の誉に、紬が頼《たの》み込《こ》む。

「仕方ないね……最近、時々突き刺さるような視線を感じるんだよ。寮にいる時も、外にいる時も」

「視線!?」

思いがけない言葉に、いづみが驚いていると、東もそういえば、と続けた。

「……ボクも感じることがあるな」

「そう言われてみると、俺も、この間つけられたような気がした」

「みんなも!?」

紬までが同意すると、いづみが目を丸くする。

「なんでしょうね」

「監視《かんし》でもされてるのかな」

紬と東が首をかしげていると、丞が眉《まゆ》を顰《しか》める。

「全員が？　なんのために？」

「それか、幽霊《ゆうれい》とか……」

「七不思議に幽霊も入ってるかもな。聞いてみるか」

「や、やめてください！」

東の意見に丞があっさり同意すると、いづみが悲鳴をあげた。

「何も害がなければいいけど、少し気をつけた方がいいかもしれないね」

紬は考え込むように、グラスに残ったシャンパンを見つめた。

いづみたちが店を出たのは、すっかり夜も更《ふ》けた頃《ころ》だった。

終演時間をとうに過ぎたビロードウェイは、駅前以外徐々《じょじょ》に人通りが少なくなっている。

「すっかり遅《おそ》くなっちゃいましたね」

火照《ほて》った頬《ほお》を夜風にさらして冷ましながら、いづみが微笑む。

「でも、楽しかったです」

「あの店もよかった」

紬の言葉に、誉がうなずく。

「また、みんなで行こう」

「そうだな」

東が微笑むと、丞も同意した。

不意に密が足を止め、路地裏の暗がりをじっと見つめた。

「密さん？　どうかした？」

いづみが声をかけても、密は微動《びどう》だにせずに一点を見つめ続けている。

「向こうに何かあるの？」

いづみが密の視線の先に目を向けるが、何も見つからず首をかしげる。

「まさか、幽霊……」

「それはもういいですから！」

いたずらっぽく笑う東の言葉を、いづみが遮《さえぎ》る。

「……なんでもない。多分、犬」

密はぽつりと告げると、路地裏から目をそらし、いづみたちに並んで歩き始めた。


ある日の夕食後、談話室に入ってきた万里《ばんり》が室内をぐるりと見回した。

「なあ、太一《たいち》は？」

ソファに座《すわ》ってテレビを見ていた十座《じゅうざ》が短く答える。

「知らねぇ」

「またいねぇのか。ゲームのメンツ探してたのに」

「そういえば、最近あんまり見かけないな……」

「どこ行ってんだ？」

太一と同室の臣《おみ》がつぶやくと、万里は首をひねった。

と、そこに支配人が顔を覗《のぞ》かせた。冬組メンバーと共にダイニングテーブルにいたいづみの顔を見るなり、声をあげる。

「あ、監督《かんとく》！」

「どうしたんですか、支配人？」

「今、鉄郎《てつろう》さんから連絡《れんらく》があって、大道具は順調に仕上がってきたみたいですよ」

「本当ですか？　よかった」

いづみがほっと息をつくと、隣にいた紬が口を開く。

「衣装《いしょう》はどうなってるんでしょう？」

「それが、いつもなら、そろそろ出来上がる頃なんだけど……」

「今回苦戦してるみたいだぞ」

ソファで十座たちとテレビを見ていた天馬《てんま》が、後ろから声をかける。

「そうなの？」

「最近はいつも以上にぴりぴりしてるし、四六時中ミシンの音が止まらないから、別の部屋に避難《ひなん》してる」

「そうなんだ……幸《ゆき》くん、大丈夫かな」

いづみが心配げな表情を浮かべると、紬が軽く手を挙げた。

「俺たちの衣装だし、手伝いに行きましょうか。舞台衣装の仕事なら少しやったことがあるし」

「言っとくけど、俺は裁縫《さいほう》なんてできないからな」

「ワタシも専門外だね」

丞と誉はそう釘《くぎ》を刺《さ》しながらも、決して手伝わないとは言わなかった。

「ボクも針を使うのはちょっと。手、傷つけたくないし」

「……女子」

（女子だ……）

いづみは東の美意識の高い発言を聞いて、内心密に同意しつつ立ち上がった。

「とりあえず、できることがあるか、聞いてみましょう。様子も気になるし」

それから、冬組メンバーを伴《ともな》って談話室を出た。


いづみは二〇一号室の前に来ると、ドアを軽くノックした。

「幸くん、ちょっといい？」

部屋の中に声をかけると、微《かす》かな物音と共にドアが開く。ドアノブにすがるようにして、幸が顔を出した。

「出来た……」

「幸くん⁉ よれよれだけど、大丈夫⁉」

服が好きということもあって、いつも身ぎれいにしている幸だったが、今は目の下にうっすらと隈《くま》が浮かび、寝《ね》ぐせのようなものまでついている。

「……う、うう、目の前の景色に縫《ぬ》い目《め》が見える……」

部屋の奥《おく》で倒《たお》れ伏《ふ》す人物を認めて、いづみが目を見開いた。

「太一くんも!?」

「二人とも、大丈夫？」

幸は心配そうに自分を見つめる紬を、疲《つか》れ切《き》った目で見返すと一つ瞬《まばた》きをした。

「ちょうどよかった……衣装合《いしょうあ》わせして」

「衣装、出来たのか？」

「これ作るの結構大変だったたんだからね。まあ、その分いいのができた」

丞が問いかけると、幸がトルソーにかけられた布をそっと外す。

「これ……！」

途端に室内に広がった純白を見て、いづみが息を呑《の》んだ。

「……羽」

「美しい……！」

「すごいね。よくできてる」

密が瞬きを一つすると、誉がうっとりと声を漏らし、東も感心したようにうなずく。

トルソーに着せられていたのは、大きな天使の羽だった。純白の羽は柔《やわ》らかそうで、今にも羽ばたきそうな躍動感《やくどうかん》に溢《あふ》れている。

「みんな、さっそく着てみなよ！」

いづみは期待に目を輝《かがや》かせながら、メンバーを促《うなが》した。

「すごい……着るとディテールがよくわかる」

背中に背負い、間近で一本一本縫《ぬ》い付《つ》けられた羽を見た紬が感嘆《かんたん》する。

ミカエルの衣装は、白い翼《つばさ》に、白いロングジャケット、白いスラックスと白一色だった。微妙《びみょう》に色合いを変えることで変化を出し、ミカエルの純粋《じゅんすい》さを演出している。胸元《むなもと》につけられた繊細《せんさい》な意匠《いしょう》のブローチがさりげないアクセントとなり、全体的に衣装がシンプルなことで、白い翼が余計に際立《きわだ》って見える。

「へぇ、いいじゃないか」

「……ぴったり」

丞と密も満足そうに、自らの衣装を見下ろす。

丞が演じるラファエルの衣装は、デザインはミカエルと同じでありながら、濃紺《のうこん》のジャケットと黒いパンツと、色合いが正反対だった。背中の羽も低く垂れ下がり地面に着くような形状で、軽《かろ》やかなミカエルの羽とは対照的になっている。

密のウリエルの衣装は聖職者然とした紺と白のローブに、金の縁取《ふちど》りが施《ほどこ》されていた。大きなフードが謎《なぞ》めいた雰囲気を表現している。

「なんて美しいんだ、ワタシは！」

ばさ、と音を立てそうな勢いで、誉がポーズをとる。

「美しいのは衣装ね」

幸が冷静に突っ込むが、悦《えつ》に入《い》る誉の耳には届いていなかった。

誉扮《ふん》するメタトロンの衣装は密に似たローブだったが、フードが付いておらず、その代わりにモノクルが用意されていた。色も紺の代わりに深い赤がアクセントとして使われ、知的な印象を与《あた》える。

「みんなよく似合ってるよ。羽がそれぞれ違ってるんだね。個性が出ててすごくいい！」

いづみが一人一人の衣装を眺《なが》めながら、感激したように声をあげる。

「まだ最終調整があるから」

「え、これで完成じゃないの？」

十分すぎるくらいの完成度の衣装を前にして、いづみが驚いたように聞き返す。

「GOD座に負けるわけにはいかないから、ぎりぎりまでクオリティを上げる」

「幸くん……」

疲《つか》れた表情でも、幸の目の力は失われていない。わずかなほころびすら見逃《みのが》さないといった目つきで、自ら手掛《てが》けた衣装を見据《みす》えていた。

「太一、羽縫い付けて」

「ラ、ラジャー！」

幸はミカエルの羽の一部を手に取ると、太一に鋭《するど》く指示を投げた。すぐさま太一が羽の入った袋《ふくろ》を持ってくる。

「これは、俺たちも頑張《がんば》らないとね」

紬は黙々《もくもく》と作業に戻《もど》る幸と太一を見て、気を引《ひ》き締《し》めるようにつぶやいた。

「そうだな。GOD座に勝つためには、一切の妥協《だきょう》も許されない」

「この衣装のクオリティを見せられたら、中途半端《ちゅうとはんぱ》なことはできないね」

丞が真剣《しんけん》な表情で同意し、東もうなずく。

「芸術的な衣装にふさわしい、芸術的な舞台を作り上げなければ！」

「……うん」

「気を引き締めて、がんばりましょう！」

誉が自らの胸に手を当てて宣言すると、密といづみもそれに続いた。


休演日の静まり返ったGOD座の劇場に、神木坂《かみきざか》レニの姿があった。客席からじっと舞台の上を見つめるレニに、サングラスをかけた男が音もなく近づく。

「ただいま戻りました」

「……進捗《しんちょく》は？」

レニが視線もくれずにたずねると、サングラスで表情を隠した男が静かにうなずく。

「冬組団員たちの身辺調査はおおむね完了《かんりょう》しました」

「そうか……」

レニは満足げにうなずくと、口元に笑みを浮かべた。

「フフ……内側から引《ひ》き裂《さ》いてやる」

レニの視線の先にあるのは、GOD座の舞台ではなく、冬組公演を控《ひか》えたMANKAI劇場だった。


ビロードウェイのあちこちにビラまきの声が響《ひび》き渡る。

他の劇団員に負けじと、椋《むく》も声を張り上げた。

「MANKAIカンパニー冬組旗揚《はたあ》げ公演『天使を憐《あわ》れむ歌』よろしくお願いします！」

隣の至《いたる》も寮にいる時とは打って変わった愛想《あいそ》の良い笑顔《えがお》でフライヤーを配る。

「MANKAIカンパニーでーす」

その少し離れたところには、通行人の一人一人を睨《にら》みつけながら、フライヤーを突きつける十座がいた。

「ひぃ……!?」

刃物《はもの》でも避《さ》けるようにびくっと身をよじった通行人の男に、十座がぼそっと告げる。

「……MANKAIカンパニーだ」

「は、はぁ……」

男は断るに断れないといった様子で、フライヤーを受け取ると、そそくさと去っていった。

「どうだ」

十座が誇《ほこ》らしげに隣の万里に目をやる。

「何、どや顔してんだよ。あれじゃ、どっかの金貸しに間違《まちが》えられてもおかしくねーぞ」

「でも、無言で渡してたときより大進歩ッスよ!」

万里はあきれたように鼻を鳴らすが、太一がすかさずフォローする。

『冬組旗揚げ公演、よろしくね』

その横では、幸がにこやかに微笑みながら通り過ぎる少年にフライヤーを渡していた。

「は、はい……」

少年は微《かす》かに頬を染めつつ、フライヤーを受け取っていく。

「ほら、見習えよ」

万里が幸を顎《あご》でしゃくってみせる。

「女役か……おもしれぇ、やってやろうじゃねぇか」

「そこじゃねぇ！」

万里が突っ込んでいた時、その数メートル先では一成《かずなり》が声をあげていた。

「『天使を憐れむ歌』よろしくー！」

一成からフライヤーを受け取った女子高生二人組のうちの一人が、あちこちから聞こえるMANKAIカンパニーの名前に驚いたようにきょろきょろ辺りを見回す。

「なんか呼び込みすごいね」

「MANKAIカンパニーって、なんか聞いたことある」

「演劇サイトで特集されてなかったっけ」

GOD座とのタイマンACTに向けた全劇団員を総動員しての宣伝活動は、着実にその成果を上げていた。

一方、天鵞絨《びろうど》駅周辺では臣と綴《つづる》、真澄《ますみ》、左京《さきょう》の四人がビラ配りに精を出していた。

「冬組旗揚げ公演、前売りチケット発売中です。よろしくお願いします」

臣の隣で段ボール箱からフライヤーの束を取り出していた綴が、改めて紙面を眺める。

「今回はチラシもシンプルな感じでいいよな」

「脚本《きゃくほん》の内容にあってる」

綴に続いてフライヤーの束を取りに来た真澄が同意した。

「売上はどうなんすか？」

「順調だ。今までの評判が功を奏した」

「今回は団員総出で宣伝してるし、完売も早そうっすね」

臣の問いかけに左京がうなずくと、綴はうれしそうに持ち場に戻った。

「ＭＡＮＫＡＩカンパニーです。よろしくお願いします」

真澄も淡々とフライヤーを配り始める。


夕暮れ時になっても、ビロードウェイにはＭＡＮＫＡＩカンパニーの名前が響いていた。

シフト制で、誰かが必ず街頭に立つようにしていたのだ。

この時間帯は、東の担当だった。

「冬組旗揚げ公演『天使を憐れむ歌』よろしくお願いします」

東からフライヤーを受け取ったサングラスの男がふと足を止め、東をじっと見つめる。

「……何か？」

「あなた、冬組の雪白《ゆきしろ》東さんですよね？　水商売の方ってほんとですか？」

「え？」

ぶしつけな問いかけに、東がわずかに眉をひそめる。

「ネットで悪いウワサたってますよ」

「……どういうこと？」

「MANKAIカンパニーのイメージにそぐわないんじゃないですかね。ファンがさわいでますよ」

サングラスの男は口元をゆがめると、そのまま立ち去った。残された東の表情が微かに曇る。

その頃、天鵞絨駅では密がビラ配りに立っていた。

「……よろしくお願いします」

密の前にサングラスの男が立ち止まる。

「……御影密さんって密入国者なんですか？　やばい仕事してたとか、ウワサがあるんですけど」

密の顔を覗《のぞ》き込むように、男が身をかがめる。密は表情を変えることなく、じっと男を見返した。

「ネットで拡散されてますよ」

男はにやりと笑うと、踵《きびす》を返して去っていく。密は無表情のまま、男の背中を見つめていた。

また、ビロードウェイの東がいた場所から少し奥まった所では――。

「MANKAIカンパニーです。よろしくお願いします」

「チラシ下さい」

わざわざ寄ってきたサングラスの男に、紬がフライヤーを差し出す。

「どうぞ」

「月岡《つきおか》紬さん、GOD座の入団試験で落とされたことを恨んで、今回タイマンACTを申し込んだってウワサ、本当ですか？」

男はフライヤーを受け取りながら、そうささやいた。

「え？　どうしてGOD座に落ちたこと……」

「ネットで見ました」

「ネット……？」

怪訝《けげん》そうな表情を浮かべる紬を置いて、サングラスの男が去っていく。

その様子を、GOD座の晴翔《はると》が物陰《ものかげ》から見つめていた。

ビロードウェイでフライヤーを配り終えた東は、天鵞絨駅へと足を向けた。

駅前に立っている丞を見つけて、声をかける。

「ボクの方は終わったから、チラシが余ってたら手伝うけど――」

と、そこで東の足が止まった。丞が晴翔と話し込んでいる。

「あれは……」

会話の内容までは聞き取れないものの、不利なタイマンACTを吹《ふ》っ掛《か》けてきたGOD座の団員と親しげに会話している様子を見て、東がわずかに表情を曇らせた。


「みなさん！　団員総出で宣伝をがんばったおかげで、チケット完売間近ですよ！」

いづみはチケットの残数が表示されたパソコンの画面を見ながら、ビラ配りを終えて帰ってきた冬組メンバーに声をかけた。

しかし返事はなく、談話室にはどこか沈《しず》んだ空気が流れている。

「あ、あれ？」

(ど、どうしたんだろう。なんだか妙《みょう》な雰囲気だけど……)

いづみは首をひねりながら、近くにいた紬にたずねた。

「どうかしたんですか？」

「いや、今日チラシ配りをしている時にちょっと気になることがあって……」

紬は言葉を選ぶように、慎重《しんちょう》に口を開いた。

「気になること？」

「ＧＯＤ座の入団試験に落ちたことがネットでウワサになってるって言われたんです」

「え？」

「もう何年も前の話だし、そんなこと知ってる人なんて当時の知り合いくらいしかいないと思うんですけど……」

今さら何故《なぜ》そんなことがウワサになるのかわからないといった様子で、紬が視線を落とす。

「ボクも水商売をしてるってウワサがあるって言われたよ」

「……オレも。密入国者とかやばい仕事してたウワサがあるって」

「東さんに密さんまで!?」

いづみが目を見開く。

「五人のうち三人とは、なかなかの高確率だね」

「おかしな話だな。紬や東さんについてはさておき、御影のことは劇団員くらいしか知らないはずだろ」

誉と丞が怪訝な表情を浮かべる。

「記憶喪失《そうしつ》になる前、有名人だったたって可能性はないかい」

「それなら、もっと詳《くわ》しい情報が出てくるはずだ」

誉の言葉を丞が否定する。

「だったら、どうして……」

「……スパイ」

いづみが考え込むようにうつむくと、密が短く告げた。

「また!?」

「そういえば、秋組でGOD座のスパイのことが問題になったっていう話でしたね」

いづみの突っ込みを聞いて、紬が確認《かくにん》するようにたずねる。

「この中に混ざってるってことはないと思いますけど……」

いづみが冬組メンバーの顔を見回すと、誉が肩をすくめた。

「まあ、ワタシたちもお互いのことをよく知らないからね。密くんに至っては、年齢《ねんれい》さえ不詳《ふしょう》だ」

「そんな身もふたもないこと言わないでください！」

いづみがそう突っ込んだ時、じっと考え込んでいた東が口を開いた。

「……ねぇ、丞。ボク、丞とGOD座の団員が話してるの見ちゃったんだけど」

「昔の知り合いと話してただけですけど……東さん、俺のこと疑ってるんですか」

丞が眉を顰《しか》める。

「そういうことじゃないんだけど、世間話をしていて口が滑《すべ》るってことはあるんじゃないかなと思ってさ」

東の口調は軽く、決して詰問《きつもん》するようなものではなかったが、丞の表情に怒《いか》りがにじんだ。

「やっぱり疑ってるじゃないですか。俺は誰かれ構わず親しくするような人間とは違うんで」

「……それは、もしかして、色んなお客さんを相手にするボクへの当てつけかな」

口調はやんわりしていたものの、東の表情がわずかに硬くなる。

「二人とも、やめてください」

紬が静かに止めると、丞も東もやや気まずそうに口を閉ざした。

(どうしよう。変な雰囲気になっちゃったな……)

あからさまなケンカというわけではないものの、ピリピリとした緊張感が漂っているのを見て、いづみは心配そうに眉を下げた。


その一件以来、丞と東の間には微妙な空気が流れていた。表面上は穏《おだ》やかなものの、わだかまりを残したままお互《たが》いに壁《かべ》を作っている印象だった。

「それじゃあ、稽古を始めます」

いつも通り夜の稽古を始めながらも、いづみは内心焦《あせ》っていた。

（相変わらず、空気が悪い。もうすぐ公演が始まるのに……まずいな）

すでに大まかには仕上がっていて、これからは細部を詰めていく段階だ。今まで以上に役者同士の密《みつ》なやり取りが重要になっていく。

「このまま稽古を始めても、うまくいかないと思います」

「そうですね……」

同じ懸念《けねん》を抱《いだ》いていたらしい紬が、いづみの心を代弁するかのように告げる。

丞自身もわかっているのだろう。小さくため息をついて口を開いた。

「……気持ちを切《き》り替《か》えよう。本心はどうあれ、稽古に持《も》ち込《こ》むべきじゃない」

「本心はどうあれ、ね」

東が苦笑交じりにつぶやく。その表情は、寂《さび》しげにも見えた。

「なんですか？」

丞がわずかに顔を顰める。

「ボクがいると外聞《がいぶん》が悪いなら、辞《や》めても構わないけど」

「東さん――!?」

あっさりと退団を申し出る東に、いづみが声をあげる。

「なんですか、それ。そんなこと言ってません」

丞が眉間《みけん》の皺《しわ》をさらに深くすると、東は肩をすくめた。

「誰かれ構わず客を取ってることには違いないわけだし、その中にGOD座の人間が紛《まぎ》れ込んでいないとも限らない」

「やめてください。大体、最初に俺を疑ったのは東さんの方でしょう。それに、簡単に辞めるなんて、どういうつもりですか。引越《ひっこ》しの時だってそうだ。いい加減すぎる」

「それは、東さんにも事情があって――」

徐々に怒気《どき》を強める丞を、いづみが慌《あわ》てて止める。

「いいんだよ、カントク」

今ここで事情を話すつもりはないという風に、東がいづみの言葉を遮った。

一瞬《いっしゅん》その場に沈黙が流れた時、す、と誉が手を挙げた。

「――ちょっといいかね」

「誉さん？」

いづみが不思議そうに見つめると、誉が自らの胸に手を置く。

「ワタシに整理させてくれないか。まず東さん」

誉の視線が東に向けられた。

「添《そ》い寝屋《ねや》というヤクザな商売に引け目があるのか、他のメンバーの目を気にしているようだね」

まるで心中を見透かすような誉の言葉に、東は何も答えず、ただ誉を見つめ返すだけだった。その表情には不思議なほどに何の感情も浮かんでいなかったが、それこそが、東の動揺《どうよう》を表しているともいえた。

「誉さん、ちょっとそういう言い方は——」

「次に丞くん」

紬が止めようとするのもかまわず、誉は丞の方に視線を移す。

「キミは元GOD座ということを、思った以上に気にしているようだ。リーダーに名乗りを上げなかったこともそうだろう。それゆえに、みんなに疑われることを恐《おそ》れている。だから、自分を守ろうとして必要以上に攻撃《こうげき》的になっているのだ」

普段《ふだん》ならそこまで気が短いわけではない丞が、東の言葉にいちいち突っかかる理由を指摘する。丞は図星をつかれたように、顔をゆがめて言葉を詰まらせた。

誉は丞の反応を気にする様子もなく、密の方へと顔を向けた。

「そして密くん。キミには記憶がなく、疑われても弁明の余地がない。黙《だま》っているのは自分に矛先《ほこさき》が向かうのを恐れているためかな」

密は無表情のままだったが、肯定《こうてい》も否定もしなかった。

誉はぐるりと頭を巡《めぐ》らせると、紬を見据えた。

「紬くんもGOD座に落ちたときのトラウマをまだ克服《こくふく》できていないらしい。この不協和音をリーダーとして積極的に解決しようと働きかけられないのはそのせいだ」

誉の指摘に、紬の表情が固まった。誰も口を開かないまま、重たい沈黙が流れる。

(みんな、黙《だま》り込んじゃった……図星かもしれないけど、こんな言い方は……)

いづみもなんと声をかけたらいいかわからないまま、ハラハラとした表情で誉と他のメンバーの顔を見比べた。

ややあって、東が口を開いた。

「……ごめん、今日の稽古は休ませてもらうよ」

そのまま踵《きびす》を返して稽古場を出ていくと、丞と密も後に続いて動きだした。

「……俺もそうさせてもらう」

稽古場のドアが乾《かわ》いた音を立てて閉まる。

残されたのはいづみと誉と紬の三人だけだった。

「……誉さん。言っていいことと悪いことがあります」

紬は感情を抑《おさ》えるように淡々と告げた。ただ、その声に悲しみと非難がにじみ出ている。

誉がはっとしたように表情を変えると、紬はゆっくりと踵を返した。

「俺もちょっと頭を冷やしてきます」

そう言い残して、紬も稽古場を出ていった。

がらんとした稽古場を呆然《ぼうぜん》と見つめる誉に、いづみは気づかわしげに声をかけた。

「誉さんが言ったことは、全部事実かもしれません。でも、みんなが言われたくない事実ばかり選んでしまった」

「……ワタシは、また間違えてしまったのだな」

誉はゆっくりとうつむくと、ぽつりとつぶやいた。

「……また？」

「ワタシは、人の心がわからない。壊《こわ》れたサイボーグらしい」

そう言って自嘲《じちょう》するように口元をゆがめた。

いづみは以前冬組メンバーで飲みに来たバーに誉を連れてくると、カウンター席に並んで座った。

「誉さん、何飲みます？」

いづみがたずねるも、誉はじっとテーブルを見つめたまま、何も答えない。

「とりあえず、ビールでも頼みましょうか」

「……ああ」

いづみはビールを注文すると、普段の饒舌《じょうぜつ》さがすっかり影をひそめてしまった誉の顔を覗き込んだ。

「大丈夫ですか？」

「気を使わせてしまって悪いね」

いつもの自信に溢れた様子ではなく、どこか陰《かげ》のある表情で告げる誉は、いつもよりも年相応に見えた。

「いえ……」

いづみがわずかに戸惑いながら黙り込むと、自然と二人の間に沈黙が落ちる。

ややあって、誉が静かに口を開いた。

「正直、ワタシには他人の心がわからない。『壊れたサイボーグ』というのは、昔の恋人に言われた言葉だ。その通りなんだろう」

「それは誰だって……」

「そうではない。思考回路そのものが理解できないのだ。極度に合理的な思考か、芸術的な思考でしか、ワタシはものごとを考えられない。どちらともつかない凡人《ぼんじん》の思考は、ワタシには理解できない」

(ぼ、凡人……ものすごく上から目線だけど……真面目に言ってるんだよね)

誉の顔は真剣そのものだ。

「……でも、それはとても悲しいことだ。恋人にもよく泣かれたものだ。でも、その理由さえワタシにはまったく理解できなかった」

誉が過去を思い出すように、遠くに視線を投げる。

「さっきもそうだ。今の状況《じょうきょう》が稽古に悪影響《あくえいきょう》を及《およ》ぼすことはワタシにもわかる。ならば、その障害となっている理由を明らかにさせ、解消すればいいと思っただけなのだ」

「そうだったんですか……」

誉の真意を知ったいづみが、しみじみとうなずく。

(でも、人は言われたくないことを言われたら傷つく。それが誉さんには理解できない……誉さん自身もそれを自覚してて、苦しんでるんだ)

いつも傷つけてしまってからそのことに気づく。何度繰《く》り返《かえ》しても、わからないものは改めようがない。自分から大切な人が去ってしまっても、それを引き留める術《すべ》すら、誉にはわからないのだ。

「ワタシには他人への共感力が徹底的《てっていてき》に欠如《けつじょ》してるのだろう。だから嫌われる。誰もワタシと心から繋《つな》がろうとは思わないだろう」

誉が自嘲するように笑う。いづみが誉のそんな表情を見るのは初めてだった。

「——そんなことないです」

いづみが力を込めて否定する。

「紬さんも言ってたじゃないですか。心の距離をなくすために、コミュニケーションをとろうって。冬組のみんなも、きっと誉さんと理解しあいたいと思ってます。でも、そのためにはまず、誉さんがみんなに歩み寄らないと……」

「しかし、ワタシはみんなの思考が理解できない。また傷つけるかもしれない……」

誉が迷子の子供のような表情を浮かべる。

「ちゃんと説明すればわかってくれますよ。とにかく、みんなと話してみてください」

いづみは言い聞かせるように、そう告げた。


寮に帰り、一人自室に戻ろうとしていた誉は、ふと足を止めた。密のいる部屋に戻りづらいという気持ちもあったのだろう。

その場に立ちすくんだまま、視線を落とす。

「話か……一体どう話せばいいというのだ」

そうつぶやいた時、ふと廊下の隅《すみ》に何かが落ちているのを見つけた。

「……む？」

拾い上げてみると、ルーペだった。

「なんだこれは……」

持ち手の部分に何か文字が書かれている。

「『まごころルーペ』……？」

読み上げた誉がはっとする。

「こ、これは、まさか……⁉」

支配人の七不思議の話を思い出した誉が一瞬顔を輝かせるが、すぐに首を横に振った。

「い、いや、誰かのイタズラかもしれん。持ち手に『まごころルーペ』と書いてあるあたり、実に怪《あや》しい」

誉はぶつぶつと言いながらも、じっとルーペを見下ろした。

「しかし、試《ため》しに覗くだけなら……もちろん信じてはいないが……万が一ということもある」

そう言いながらそっとルーペを覗き込んだ時、ちょうど廊下の向こう側から支配人が歩いてきた。

「さてと、倉庫の掃除《そうじ》でもしましょうか～」

誉がそっと支配人の方にルーペを向けた。途端、耳の奥に支配人の声が響いてきた。

『倉庫の掃除、もう一か月前からやってるのに、半分も進んでないんだよな～。嫌《いや》だな～。やりたくないな～』

明らかに支配人の方からではなく、耳元に直接聞こえてくる。誉はびっくりしてルーペを取り落しそうになった。

「お掃除、お掃除～」

支配人は誉に気づかずに、階段を下りていった。

「心が見える……！　これが、あれば……」

誉はルーペを握り締める手に力を込めた。


翌朝、稽古場にいづみの元気な声が響き渡った。

「おはようございます！」

「……おはようございます」

「……おはよう」

紬と東が挨拶《あいさつ》を返すも、その表情はまだどこか晴れない。稽古場の雰囲気も昨日と変わらず、ぎこちないままだった。

黙々とそれぞれが微妙な距離を取ったまま柔軟《じゅうなん》をする中、誉が手を挙げた。

「稽古前にミーティングを開きたいのだが」

「……ミーティングですか？」

真意を測りかねているかのように聞き返す紬に、誉がうなずく。

「ああ、大事な話があるのだ」

「何話すんだよ……」

誉は怪訝そうな丞に手のひらを向けると、ごそごそとポケットを探《さぐ》った。

「準備があるから、少し待ちたまえ」

「……ルーペ？」

おもむろにルーペを取り出したのを見て、密が不思議そうにつぶやく。

「はは、ちょっと台本が読みづらくてね」

誉はわざとらしい笑いを浮かべると、ルーペを手に話し始めた。

「さて、昨日のことについて、まずは謝《あやま》りたい。ワタシは他人の気持ちがわからない。だから、これからも無神経な物言いで傷つけてしまうかもしれない。ただ、ワタシなりにみんなの関係を修復したいと思っていたのだ。方法はよくなかったが……」

すまなそうに視線を落とす誉を、他の冬組メンバーがじっと見つめた。

「ワタシはみんなのことを理解したいと思っているし、ワタシのことも理解してほしいと思っている。いや、むしろワタシなりにみんなのことを愛している！　これからも一緒《いっしょ》に仲間としてやっていきたい」

誉はぱっと顔を上げると、ストレートな言葉で自分の想《おも》いを告げた。

そして、ルーペを目の前に掲げると、いづみの方へ向けた。

『誉さんなりに色々考えて、みんなと話す決心をしてくれたんだな。よかった……』

『いまさら何言ってんだコイツ……』

『愛してるって……誉さんらしいな。こういうところが憎《にく》めないんだよな』

ルーペを丞、紬の方へ移動させ、心の中の声が聞こえてくることに感動を覚える。

『誉なりに考えてくれていたんだね』

『……マシュマロ食べたい』

東、密とルーペを移動させていた誉の動きがぴたりと止まる。

「密くん、こんな時になんだ、それは……」

誉が思わずつぶやくと、密が不思議そうに首をかしげた。

「何がだ?」

「い、いや、なんでもない」

丞に怪訝そうにたずねられて、誉は慌てて首を横に振った。心中《しんちゅう》の声は誉にしか聞こえていないのだから、怪しまれて当然だ。

誉は気を取り直すように咳払いをすると、ルーペを掲げたまま先を続けた。

「そういうわけで、改めて今回の疑心暗鬼《ぎしんあんき》について話し合っていきたいと思う」

「そうは言っても……」

「別に話すことないだろ」

「スパイなんていないってことでいいんじゃない」

紬が戸惑いがちに言葉を濁《にご》すと、丞と東は素っ気なく答える。

誉はじっとルーペ越《ご》しに紬を見つめた。

『蒸《む》し返して、また変な雰囲気になるのもな……でも、このままにしたら、後々しこりが残る』

「紬くん、リーダーとしてこの問題を放置して、後々しこりになるのは避けたいだろう」

誉が聞こえてきた内なる声に答えると、紬が面食らったように目をぱちくりした。

「それは……もちろん、そうですね」

「お互いに信頼《しんらい》し合った状態でなければ、GOD座との勝負に勝つことはできない」

「ええ。むしろ、GOD座の思うつぼです」

誉の言葉に、紬が深くうなずいた。

「たしかにな……」

『とはいえ、疑いをどうやって晴らせばいいのか……東さんの気持ちもわかる』

同意する丞の短い言葉に、心の声が重なる。

「丞くんも、東さんが疑う気持ちは理解できるのであろう？」

「それは、まあ……」

断言するように誉がたずねると、丞も戸惑いながらもうなずく。

「だとすれば、どうかね。公演が終わるまではGOD座団員との接触《せっしょく》を控《ひか》えるというのは」

「それは構わない。でも、そんなことじゃ、疑いは晴れないだろ」

一も二もなく了承《りょうしょう》するものの、気まずそうに視線をそらす。

直後、誉の耳元に東のささやきが流れ込んできた。

『そこまでしてもらうのも悪いな。友達と話してただけなわけだし……』

すかさず、誉が東に水を向ける。

「東さんもそれで、疑う気はなくなるだろう」

「……そうだね。十分だと思うよ」

「そして、東さんの方は公演が終わるまで仕事を休んだらどうかね」

「もともと休職中だったし、そうするよ」

誉の言葉に、東もためらいなくうなずいた。

「その分稽古に打ち込めますね」

「そうだね」

いづみの言葉に相槌《あいづち》を打ちながらも、東の表情はどこか浮かない。

『でも、添い寝屋をしていたという過去は変わらないけど……』

東の心の声を聞き届けた誉が小さくうなずいた。

「東さんはその艶《つや》っぽさを武器にするべきだよ。色気のある役者というのは他にいないからね」

「たしかに、強い武器になるでしょうね」

誉の言葉に丞が続ける。

「武器……そんな風に考えたことはなかったな」

『ちょっと気持ちが軽くなったかもしれない』

東がふわりと微笑《ほほえ》む。その笑みに陰りは見えなかった。

誉は東の表情を確認すると、さっと密の方へルーペを向けた。

「そして、密くん。キミが不審人物《ふしん》ということは疑いようがない」

「ええ!? そんなまとめ!?」

あまりの言葉に、いづみが突っ込む。

『……否定できない』

密は何も言わなかったものの、淡々としたつぶやきが誉の耳に届いた。

「それはキミ自身にもどうにもできないことだ。記憶がないのだから。というわけで、キミは自分で役者『御影密』の経歴を作ればいい」

名案といわんばかりに、誉の表情は自信に溢れていた。

「……経歴を作る？」

「よくあるだろう。ポリン星から来た宇宙人とかそういうのだよ」

密の表情は微妙に懐疑的《かいぎてき》だったが、紬が考え込むように口を開いた。

「たしかに、そういう荒唐無稽《こうとうむけい》なキャラ設定をつければ、変なウワサも紛《まぎ》れて気にならなくなるかも」

「いいですね！」

いづみも笑顔で同意する。

「うむ。これで少しはみんなの気持ちも晴れたならいいのだが」

誉がルーペを手にぐるりと辺りを見回しながら告げる。

「そうですね」

『誉さんのおかげでみんなの表情が変わった気がする』

いづみの表情に安堵《あんど》の色がにじむ。

『意外だったな。有栖川《ありすがわ》がこんな能力を持っていたとは』

いづみに続き丞の声が聞こえてくると、誉がぐいっと胸を張った。

「見直したかね、丞くん！」

「え？」

「あ、いや、なんでもないよ！」

危ない危ない、本音の方と会話してしまった、と、もごもごと声にならないつぶやきを漏らしながら、誉が口をつぐむ。

「まあ、これでわだかまりについては水に流すっていうことで」

「そうだね」

「……うん」

紬が話をまとめると、東と密が素直にうなずいた。三人とも、わだかまりがすっかり消えたように、表情に曇りがない。

いづみは全員の顔を確認すると、ぱんと両手を打った。

「それじゃあ、さっそく稽古始めましょう！　公演直前だし、もう時間がありませんよ！」

「うむ！」

「気合入れ直さないとな」

誉が笑顔で返事をすると、丞も気を引き締めるようにうなずいた。


その日の午前中の稽古は、メンバーが集中力を取《と》り戻《もど》したことによって、順調に進んだ。

お昼の休憩《きゅうけい》時間、誉は稽古場を出ると、一人立ち止まった。

まさか、こんなに効果があるとは思わなかったといった表情で、ルーペをじっと見下ろす。

と、そこに、後から出てきた紬が声をかけた。

「誉さん」

「む？」

「今日のミーティング、ありがとうございました。誉さんのおかげで助かりました」

「いや、ワタシは別に――」

　そう言いながらルーペを握り締める誉に、紬がふわりと笑いかける。

「公演まで、がんばりましょうね」

「うむ、そうだな！」

　誉が力強くうなずくと、紬は階段の方へと歩いていった。

　誉はその場に立ち止まったまま、再びルーペを見下ろす。そして、廊下の片隅とルーペを見比べた。

　しばらく迷うように視線をさまよわせた後、ルーペを静かに床に置いた。このルーペは拾った場所に戻す、それが誉の結論だった。

　いつか、ルーペがなくても――誉は決意のこもった表情で、ルーペに背を向け歩きだした。

第7章 お披露目

ＭＡＮＫＡＩ劇場の舞台《ぶたい》には本番用の大道具がセットされていた。それぞれの衣装《いしょう》をまとった冬組《ふゆぐみ》メンバーが舞台上に立つと、否応《いやおう》なく公演初日が近いことを感じさせられる。

いづみは客席から舞台上にいる冬組メンバーを見上げた。

「それじゃあ、通し稽古《げいこ》のあとは場当たりで細かな修正をしていきます！　まずは四幕のミカエルとラファエルのシーンから」

いづみの合図で、丞《たすく》が動きだす。

『もう彼女は退院したんだろ。婚約者《こんやくしゃ》だってできた。十分幸せになったじゃないか。お前が人間界に残る必要はないんだ、ミカエル』

終盤《しゅうばん》の大事なシーンだ。丞が強い口調で訴《うった》えかけるが、紬《つむぎ》はゆっくりと首を横に振《ふ》る。

『でも、彼女の名前はまだリストから消えていない。僕は最後まで彼女のことを見守りたいんだ』

淡々《たんたん》とした口調ながら、意志の固さを感じさせた。

『見守るだけなら、天界でもできるだろ。これ以上人間界にいたら、もう天界には戻《もど》れなくなるんだぞ⁉』

『それでも、僕は彼女のそばにいたいんだよ、ラファエル』

自分に詰《つ》め寄《よ》るラファエルを、ミカエルはただ静かに見返す。

『勝手にしろ、バカ！』

丞が言い捨てて退場しようとすると、いづみが手を挙げた。

「……ストップ」

丞と紬が同時にいづみの方を向く。

「悪くはないんだけど、丞さんの芝居《しばい》がどうしても大きく見えちゃいます。このシーンは言い争いをしてるシーンなので、しょうがないとは思うんですけど……」

紬の抑《おさ》えた芝居とのアンバランスさが気になる、といづみは首をひねった。

「もう一回やってみる」

丞はそう告げると、最初の位置に戻った。

『お前が人間界に残る必要はないんだ、ミカエル』

さっきよりも怒《いか》りを押《お》し殺《ころ》したような口調で告げる。

『でも、彼女の名前はまだリストから消えていない。僕は最後まで彼女のことを見守りたいんだ』

『見守るだけなら、天界でもできるだろ。これ以上人間界にいたら、もう天界には戻れなくなるんだぞ!?』

　動きは控《ひか》え目《め》になったが、怒りの激しさは隠《かく》し切れない。丞のガタイの良さもあって、どうしても迫力《はくりょく》が出てしまう。

「うーん……」

　いづみが考え込むように唸《うな》ると、丞が気まずそうに首を掻《か》いた。

「やっぱり、GOD《ゴッド》座《ざ》のくせが抜《ぬ》けてないみたいだな」

「今回は特にみんな抑え気味だから、余計に目立っちゃうのかも……」

　演目との相性《あいしょう》という意味でも、丞のダイナミックな芝居とはあまり相性がよくない。

（どうしたらいいのかな……あ、そうだ）

　いづみは思いついたように、紬の方を見た。

「今のラファエルの台詞《せりふ》、紬さんやってみてもらえますか？」

「え？　俺ですか？」

「お願いします」

「……わかりました」

　紬は戸惑《とまど》いの表情を浮《う》かべながらも、丞に向き直った。

『お前が人間界に残る必要はないんだ、ミカエル』

　さっきの丞とは違《ちが》い、言い聞かせるような口調だった。

『見守るだけなら、天界でもできるだろ。これ以上人間界にいたら、もう天界には戻れなくなるんだぞ!?』

ミカエルに見立てた丞の肩《かた》を掴《つか》む手が微《かす》かに震《ふる》える。

『勝手にしろ、バカ!』

丞から視線をそらし、そうつぶやく。ミカエルに対する怒りというよりは、説得できなかった悲しみの方が強い印象を与《あた》えた。

(うん、いい……! 派手な動きはなくても、視線や指先の動きだけで十分苛立《いらだ》ちが伝わってくる。最初の頃《ころ》の自信なげだったときの演技とは比べ物にならないな。さらに磨《みが》かれて、いい感じになってる)

紬の芝居を見ていたいづみは、ぐっと拳《こぶし》を握《にぎ》り締《し》めた。

「丞さん、今の感じでできますか?」

「やってみるけど、あそこまではムリだぞ。こいつは昔から、こういう細かな所作とかはうまかったんだ。マイムの名人に弟子《でし》入りしたような奴《やつ》には敵《かな》わない」

丞が眉間《みけん》に皺《しわ》を寄せながら、紬をほめる。

「雰囲気《ふんいき》だけでいいです」

(紬さんのことなのに、なんかちょっと自慢《じまん》げだな。紬さんのこと、本当に認めてるんだな)

いづみは丞と紬の関係を内心微笑《ほほえ》ましく思いながら、芝居を始める合図を出した。

「――はい。最終調整はここまで。後は、公演期間中にどんどん良くしていきましょう！」

一通り気になっていた部分の確認《かくにん》を終わらせると、いづみは晴れやかな表情で冬組メンバーに声をかけた。

「公演期間中も変えていくの？」

今回の公演が初めての舞台である東《あずま》にはピンとこないのか、首をかしげる。

「公演を重ねながら、芝居をどんどんよくしていけるのが演劇の強みですから！」

「なるほど、柔軟《じゅうなん》だね」

いづみが力強く告げると、誉《ほまれ》が感心したようにうなずいた。

「どんどん良くしなきゃですよね」

「ＧＯＤ座との対決当日まで、クオリティ上げていくぞ」

「……うん」

紬の静かながら熱のこもった言葉に、丞が気合の入った声で続き、密《ひそか》もそれにうなずく。

「がんばらねば」

「体力もつかな……」

「体調管理には、くれぐれも気をつけてくださいね！」

戦々恐々《せんせんきょうきょう》といった様子も見《み》え隠《かく》れする誉と東に、いづみが励《はげ》ますように声をかけた。

その翌日、冬組旗揚《はたあ》げ公演『天使を憐《あわ》れむ歌。』は初日を迎《むか》えた。春夏秋《はるなつあき》と公演を重ねてきたこともあって、上々の客入りだった。

各公演ごとに雰囲気を変えてきたことを知る観客たちは、冬組がどんな方向性で来るのか期待に胸を膨《ふく》らませ、またGOD座とのタイマンACTに期待する観客は、勝負の行方《ゆくえ》について今から熱心に語り、客席の熱はどんどん高まっていた。

舞台袖《そで》に集合していたいづみと冬組メンバーは、そんな観客たちからの圧を間近に感じていた。

「いよいよ公演初日ですね。全力で楽しんできてください！」

緊張《きんちょう》の色が見える冬組メンバーに、いづみが明るく声をかける。

「はい」

紬は短くうなずくと、冬組メンバーの顔をゆっくりと見回した。

「初日だし、稽古通りの力を出すことを目標にしよう。まずはようやくお客さんたちの前で演じられることを楽しんで」

「ああ」

「うむ」

「……わかった」

静かに語りかける紬の言葉に、丞、誉、密がうなずく。

「楽しむ、ね。いい言葉だ」

東はそう言いながら、いつもの調子を取り戻したようにふわりと笑った。


開演時間ぴったりに開演ブザーが鳴り、赤い緞帳《どんちょう》がゆっくりと上がっていく。

いづみは客席の最後列からじっと舞台を見つめた。

芝居は冒頭《ぼうとう》、紬演じるミカエルが下界を見つめるシーンから始まる。

『バカなミカエル』

『心配してくれるんだね、ラファエル』

悪態の中にも優《やさ》しさがにじんでいるラファエルに、ミカエルが微笑む。

『人間を好きになっても、不幸になるだけだぞ。俺にはわかるんだ』

『それでもいい。たとえ自分が不幸になっても、彼女を幸せにしたいんだ』

ミカエルの視線が、下界に繋《つな》がる穴へと注がれる。その目は熱っぽく、視線の先に誰《だれ》がいるのかを観客に伝えていた。

紬も丞も、稽古の時よりも芝居の精度が上がっている。ミカエルの視線は本当に恋《こい》をしている人間のような目だった。

ラファエルの忠告もむなしく、ミカエルが飽《あ》きずに下界を見つめていたある日、死期が近い人間のリストに自分の想《おも》い人《びと》の名前を見つけてしまう。ミカエルは想い人を助ける方法を探して、知恵者《ちえしゃ》のメタトロンを頼《たよ》った。

『人間の女を助けたい？』

メタトロンが意外そうにモノクルを押し上げる。

『へえ。お堅《かた》いミカエルがずいぶん大胆《だいたん》なことを考えるんだな。それなら、人間界に下りればいい』

『人間界に下りられるんですか？』

ミカエルの頰《ほお》にさっと赤みが増す。

『ああ。ただし、あんまり長く人間界に留《とど》まると、天界に戻ってこられなくなる。くれぐれも注意するんだな』

『ありがとうございます。メタトロン』

メタトロンは面白《おもしろ》そうに目を細めて笑うと、優雅《ゆうが》に去っていった。

これが初舞台《はつぶたい》となる誉に緊張はまったく見られない。本番でいつもの稽古と同じ結果を出せただけでも上出来だと、客席のいづみは心の中でガッツポーズをした。

ミカエルが人間界に下りようとした時、想い人の魂《たましい》を迎えに行くことになっているウリエルから引き留められる。

『彼女の魂はもう天に迎える日が決まっている。余計な横やりはやめてくれ』

『そのリストはあくまでも予定だよ。確定じゃない』

想い人の死を認めるつもりはないといった強固な態度で、ミカエルがウリエルに反論すると、ウリエルは不快そうに顔を顰《しか》めた。

『だとしても、君の一存で捻《ね》じ曲《ま》げられるようなことじゃない。あまり私情を挟《はさ》むようなら、天法《てんぽう》会議にかける』

『君のジャマをするつもりはないよ。ただ、あの娘《こ》を見守っていたいんだ』

すがるようなミカエルを、ウリエルが醒《さ》めた目で見据《みす》える。

『では、下界に下りても彼女には会わないと約束できるか？』

『わかった。約束する』

ミカエルはウリエルにそう告げると、ためらいもなく人間界に下《お》りていった。

密の芝居をじっと見つめていたいづみの口元に笑《え》みが浮かんだ。密の芝居はいつも通り安定していたが、紬に引きずられるようにしてさらに良くなっていた。

人間界に下りたミカエルは、さっそく想い人が入院している病院に向かった。

ウリエルとの約束を守り、物陰《ものかげ》から見つめるミカエルに、想い人の主治医であるフィリップが不審《ふしん》そうに声をかける。

『そこの君、ここは関係者以外立ち入り禁止だよ』

『あ、すみません』

『彼女に何か用事でも？』

ミカエルの視線の先をたどったフィリップが、胡乱《うろん》げな目でミカエルを見つめる。

『あなたは？』

『彼女の主治医だ』

『彼女に伝えたいことがあって……でも直接会うことはできないんです』

まるで少年のように顔を赤らめ、素直《すなお》に答えるミカエルに、フィリップは毒気を抜かれたような顔をする。

『妙《みょう》な話だな。まあ、それなら手紙を書けばいいんじゃないか』

『手紙……そうですね！　そうします！』

フィリップの助言にぱあっとミカエルの顔が輝《かがや》く。その表情には純粋《じゅんすい》な喜びが溢れていた。

東も緊張を表に出すことはなく、いつも通りの芝居をしていた。一歩引いたところからミカエルを見つめる独特の雰囲気が、人間界と天界の切り替えに一役買っている。

フィリップを介《かい》して想い人と手紙をやり取りするようになったミカエルは、想い人からの返事を何度も読み返していた。

『下界の生活はどうだ、ミカエル？』

『ラファエル！　見てよ、彼女から手紙の返事が来たんだ！』

天から降ってくるあきれたようなラファエルの声に向かって、うれしそうにミカエルが手紙を掲《かか》げてみせる。

『ここからじゃ、さすがに手紙の内容までは見えない』

『あ、そっか。それじゃあ、読んであげるね』

蕩《とろ》けるような笑顔《えがお》を浮かべ、手紙の内容を読み上げようとするミカエルを、ラファエルの声が止める。

『満喫《まんきつ》してるみたいだな。でも、人間には恋をするなって言ったの、覚えてるよな？』

『わかってるよ。そういうんじゃないんだ。ただ、僕は彼女のために何かしてあげたい。それだけなんだよ』

忠告を繰《く》り返《かえ》すラファエルの声は優しく、ミカエルを心配する気持ちが観客に伝わってくる。抑えた演技は最終調整の賜物《たまもの》だろう。

ミカエルの励ましのおかげで、治療《ちりょう》に消極的だった想い人の気持ちも前向きになり、病状も少しずつ快復に向かう。

そんな中、自らの羽が少しずつ抜《ぬ》け落《お》ちていっていることに気づくミカエル。すべて抜け落ちてしまえば、天界に戻ることはできなくなると知りながらも、ミカエルは彼女のそばから離《はな》れられない。

そんなある日、いつものようにフィリップから手紙を手渡《てわた》される。

『彼女からの手紙だ。悪いが、もう手紙は届けられない。すまない。理由は手紙を読めばわかると思う』

硬《かた》い表情のフィリップから受け取った手紙には、フィリップと彼女が恋仲《こいなか》になり、退院と同時に婚約が決まったこと、もう手紙のやり取りはできないことが書いてあった。

ミカエルはショックを受けながらも、もう自分の役目は終わったと悟り、以前より遥《はる》かに小さくなった羽で天界に戻る。

しかし、死期が近い人間のリストから想い人の名前が消えていないことを知り、再び人間界に下りようとする。

『もう彼女は退院したんだろ。婚約者だってできた。十分幸せになったじゃないか。お前が人間界に戻る必要はないんだ、ミカエル』

『でも、彼女の名前はまだリストから消えていない。僕は最後まで彼女のことを見守りたいんだ』

小さくなったミカエルの羽を痛ましそうに見つめながら、ラファエルが必死で言《い》い募《つの》る。

『見守るだけなら、天界でもできるだろ。これ以上人間界にいたら、もう天界には戻れなくなるんだぞ⁉』

『それでも、僕は彼女のそばにいたいんだよ、ラファエル』

『勝手にしろ、バカ！』

後ろも振り返らずに下界に下りていくミカエルの背中に、ラファエルの悲痛な叫《さけ》びが突《つ》き刺《さ》さる。

人間界に下りていくミカエルの背中から、羽がどんどん失われていく。幸《ゆき》の作った羽が実際に散っていく様が、ミカエルが天界に戻れなくなる事実にリアリティを与えていた。

ラファエルの反対を押《お》し切《き》って人間界に下りたミカエルの目の前で、想い人に向かって車が突っ込んでいく。とっさに身を投げ出すミカエル。

辺り一面に真っ白な羽が飛び散り、ミカエルの姿が消える。

魂となったミカエルの横に、大きな羽を広げたラファエルが静かに降り立った。

『だから言ったのに。バカだなミカエル』

ラファエルが泣きだしそうに顔をゆがめると、ミカエルがふわりと笑った。

『迎えに来てくれたのかい、ラファエル？』

『そうだよ。お前の魂を運んでやるんだ』

『彼女の名前はリストからは消えた？』

『ああ消えたさ。まったく、なんてバカなんだ』

悪態をつきながらも、その口調はどこまでも悲しげで、力ない。

『そんなにバカバカ言わないでくれよ。ありがとう、ラファエル。手間をかけるね』

ミカエルはそんなラファエルの気持ちを汲《く》み取って、困ったような顔をする。

『俺の忠告を聞いていれば、こんなことにはならなかったのに』

『僕は不幸にはならなかったよ』

『お前はもう天使に戻れない。お前という存在は消えてしまうんだぞ?』

『それでも、初めて愛した人を守れて、親友の君に魂を送ってもらえるんだから、僕は幸せだよ』

ミカエルはそう微笑むと、静かに目を閉じた。

『ミカエルの大バカ者』

悔《くや》しげにつぶやいたラファエルの羽がばさりとミカエルを覆《おお》い、直後、ミカエルの魂が跡形《あとかた》もなく搔《か》き消える。

見ている者の胸が痛くなるようなラファエルの深い悲しみ、ミカエルの慈愛《じあい》が二人の静かな演技から伝わってきた。

一人残されたラファエルが空《くう》を見つめる。

『ミカエル、お前をバカって言ったのは訂正《ていせい》するよ。愛する人を守ったお前は立派だ。俺とは違う。でも、やっぱり人間に恋なんてしたら絶対に幸せになれないんだ。俺は愛する人だけじゃなく、親友まで失った。なあ、ミカエル』

ラストのラファエルの独白と共に、静かに幕が下りる。

赤い緞帳《どんちょう》が舞台を覆《おお》い隠《かく》した瞬間《しゅんかん》、しんと静まり返っていた劇場内に弾《はじ》けるような拍《はく》手《しゅ》の音が鳴《な》り響《ひび》いた。

「……っ、やばい、泣けた」

「今までと全然違うね。不意打ちって感じ」

「でも、すごく良かった！」

「うん、うん」

観客たちが目元をぬぐいながら、興奮した様子で口々に感想を漏らす。

（よかった。今までのファンにも受け入れられてる。舞台の完成度も今までの稽古の中で一番だったし、滑《すべ》り出しは上々だ！）

観客の反応を肌《はだ》で感じたいづみは、ほっと胸を撫《な》で下ろした。


舞台袖で割れんばかりの拍手の音を聞いていた紬が、呆然《ぼうぜん》と立ちすくむ。

「すごい拍手だね」

「……全然鳴りやまない」

「大成功じゃないか！」

驚《おどろ》いたように東が告げれば、密もこくりとうなずき、誉は興奮した様子で両手を広げた。

「みんな、いつもの稽古よりずっと良かった」

「たしかに、いつもと全然違った気がするよ。同じ舞台なのに、不思議なことだ」

「一体感って、こういうことなんだね……」

紬が冬組メンバーの顔を見回すと、誉と東がしみじみとつぶやく。

「このまま最後まで走《はし》り抜《ぬ》けるぞ」

「――うん」

静かに熱のこもった声で丞が告げると、紬がうなずく。

そして、再び幕の開いた舞台へと足を踏《ふ》み出した。

「行こう！　カーテンコール！」

紬を先頭に、冬組メンバーは拍手の渦《うず》の中へと飛び込んでいった。

第8章 memento

いづみはスマホのメモ帳に何やら書き留めながら、足早に玄関《げんかん》に向かっていた。公演期間中とはいえ、雑用やら何やらで、色々とやることは多い。

「ええと、銀行と郵便局と……」

「カントク、どこか行くんですか？」

忙《いそが》しそうないづみに、談話室の方へ歩いていた紬《つむぎ》と丞《たすく》が声をかける。

「夕飯の買い出しと、色々用事を済ませに行こうかと思って」

「買い出しなら俺たち行きますよ」

「どうせ暇《ひま》だしな」

いづみは二人の顔を見比べて、ゆっくり首を横に振《ふ》った。

「公演中の貴重なオフなんだから、二人はゆっくり休まないと」

「買い出しくらい大丈夫《だいじょうぶ》ですよ」

紬の申し出に、いづみがためらいながら答える。

「でも、いいんですか？」

「ああ。何を買ってくればいいんだ？」

丞も何でもないようにそうたずねた。


いづみと別れてビロードウェイを歩いていた紬は、スマホにメモした買い物リストに目を落とした。

「最初に文房具《ぶんぼうぐ》を買いに行った方がよさそうだね」

隣《となり》を歩く丞にそう声をかけるが、返事がない。

「丞？」

どこかぼんやりとしている丞に呼びかけると、丞がはっとしたように紬を見た。

「なんだ、ミカエル——じゃ、なかった。紬」

丞の言い間違《まちが》いを聞いて、紬がぷっと噴《ふ》き出《だ》す。

「はは、丞のそのクセ、直ってないんだ。昔から、公演期間中はつい役名で呼んじゃうんだよね」

「うるさい。普段《ふだん》は気をつけてる。ちょうど、演技のことを考えてたから、口から出ただけだ」

ばつが悪そうに丞が顔をそむける。

「演技のこと？」

「寮《りよう》に戻ったら三幕の確認をしよう」

「わかった。相変わらず演劇バカだよね」

「人のこと言えないだろ」

どんな時でも舞台《ぶたい》のことが頭を離《はな》れない様子の丞を紬が揶揄《やゆ》するが、逆に言い返される。

紬もそれを否定することはなく、笑《え》みを浮《う》かべた。

「なんだか、こういうの懐《なつ》かしいな。昔も、朝から晩まで芝居《しばい》のこと話してたよね」

「そうだな……」

学生時代を思い出すように、揃って遠くを見つめる。

「芝居のためには実際に経験しないとって、急きょ車で貧乏《びんぼう》旅行に繰《く》り出したり……」

「ジープで車中泊《しやちゆうはく》はきつかったな」

「うん」

しばらく思い出に浸《ひた》るように沈黙《ちんもく》が流れる。ややあって、紬が口を開いた。

「……さっきの三幕の話って何？」

「気になってたのかよ」

丞が眉《まゆ》を上げると、紬が素直《すなお》にうなずく。

「そりゃあね」

「ほら、演劇バカはお前も同じだろ」

「うるさいな。それで、丞がぴたりと足を止める。そして、顔をうつむかせた。

紬にたずねられて、丞がぴたりと足を止める。そして、顔をうつむかせた。

『下界の生活はどうだ、ミカエル？』

途端《とたん》に、紬が手紙を手に持っているかのように天に掲《かか》げた。

『ラファエル！　見てよ、彼女から手紙の返事が来たんだ！』

『ここからじゃ、さすがに手紙の内容までは見えない』

『あ、そっか。それじゃあ、読んであげるね』

そう言いながら下ろした紬の手を丞が指差す。

「そこ、もう少し動いた方がいいと思う」

「そうだね」

紬が少し考えた後うなずくと、丞が先を続ける。

『満喫《まんきつ》してるみたいだな。でも、人間には恋《こい》をするなって言ったの、覚えてるよな？』

『わかってるよ。そういうんじゃないんだ。ただ、僕は彼女のために何かしてあげたい。

それだけなんだよ』

芝居を続ける丞と紬に気づいた通行人が、一人二人と足を止め始める。

「ストリートACT?」

「どこの劇団だろ」

通行人の視線に気づいた二人は一瞬《いっしゅん》顔を見合わせて、動きを止めた。

「ええと、MANKAIカンパニーです!」

「立ち見と当日券だけになってしまいましたが、新生冬組旗揚《ふゆぐみはたあ》げ公演、よろしくお願いします!」

そう声を張り上げる紬と丞の姿を、少し離れたところからGOD座《ゴッドざ》の神木坂《かみきざか》レニがじっと見つめていた。


「買い物はこれで全部かな。思ったより時間がかかっちゃったね」

両手に荷物をぶら下げた紬が、買い物リストを確認する。

予定外のストリートACTで時間を取られたこともあり、辺りはすっかり日が暮れ始めていた。

「あ、そういえば、稽古着《けいこぎ》の替《か》え買うの忘れてた」

寮に向かって歩き始めた時、ふと思い出したように丞が声をあげる。

「付き合おうか?」

紬の言葉に丞は首を横に振る。

「いや、いい。先帰っててくれ」

「そう？　わかった」

紬は丞と別れると、荷物を抱《かか》え直した。

「さてと……」

一歩足を踏《ふ》み出した時、後ろから声をかけられた。

「……何も進歩がないな。あんな演技で、私たちと勝負するつもりかい？」

振り返った紬の表情が固まる。

「神木坂さん……」

レニは紬を見ると、す、と目を細めた。

「当時も思っていたんだ。丞の隣に立つと、余計に目立つよ。キミの演技の低級さが。まったく華《はな》がない、地味な演技だ。キミは所詮《しょせん》学生演劇レベルなんだよ。とうていプロのレベルには届いていない」

あまりの辛辣《しんらつ》さに、紬が言葉を失う。

「恥《は》ずかしくないのかい？　あんなレベルで人前に立って。いい加減自覚したらどうだい」

紬はぎゅっと、拳《こぶし》を握《にぎ》り締《し》めると、レニをまっすぐに見返した。

「……俺は、俺の演技で必ずあなたたちに勝ちます」

レニは紬の視線を余裕《よゆう》の表情で受け止めて、肩《かた》をすくめる。

「やれやれ……せっかく助言してあげているのに。進歩がないのは、キミのその高慢《こうまん》な姿勢が原因だね。まあ、キミたちが無様《ぶざま》に敗北しようが、私にはどうでもいいことだ。丞の悔《くや》しがる姿が今から目に浮かぶよ」

そう言い捨てると、踵《きびす》を返して去っていく。

レニの後姿をじっと見つめる紬の顔は、血の気を失ったかのように白かった。

「おかえりなさい！　買い出し、ありがとうございました！」

一足先に用事を済ませて寮に戻っていたいづみが、荷物を手に談話室に入ってきた紬を迎《むか》える。

「いえ――」

「……マシュマロは？」

「ああ、買ってきたよ」

紬は袋《ふくろ》からマシュマロの袋を取り出すと、密《ひそか》に手渡した。

受け取った途端、密が小さくくしゃみをする。

「っくしゅん……」

「あれ？　密さん、風邪《かぜ》でもひいたの？」

いづみが密の顔を覗《のぞ》き込んだ時、談話室のドアが開いた。

「密くん、またうろうろしているのかね」

「こらこら、ベッド戻る」

「あ、誉《ほまれ》さん、東《あずま》さん」

誉と東が密の背中を押して、談話室のドアの方へ向ける。されるがままの密の顔はいつもより赤く、表情も熱に浮かされたようにぼうっとしていた。

「注意していたのだが、ゆうべ目を離したすきに、中庭で寝《ね》てしまったのだよ」

「この寒い中、ところかまわず寝るから……」

誉と東の言葉を聞いて、いづみは驚《おどろ》いたように目を見開いた。

「公演中に風邪なんて……治さないと、舞台に上がれなくなっちゃうよ!?」

「……大丈夫」

「だめだめ。熱はまだないけど、なんとか今日中に治してもらわないと」

密の言葉を即座《そくざ》に東が否定する。

「密さん、ちゃんと寝て治しましょう」

いづみも心配そうに告げると、密は小さくうなずいた。

「……わかった」

大人しく談話室を出ていった密は、マシュマロの袋を抱えたまま、ふらっと玄関の方へ歩いていく。

「って、マシュマロの袋持ってどこへ行こうとしてるんですか！　ベッドに行きますよ！」

いづみは慌《あわ》てて密の後を追った。

「今日は見張っていないといけないようだね」

「そうだね。頼《たの》むよ、誉」

むう、と眉根《まゆね》を寄せる誉の肩を、東が軽く叩《たた》いた。


その夜、宣言通り付きっ切りで誉が見張っていたため、密は自室のベッドで大人しく布《ふ》団《とん》に包《くる》まっていた。

「それでは電気を消すよ」

寝間着《ねまき》に着替《きが》えた誉が密に声をかけて、照明のスイッチをオフにする。

「いいかい、くれぐれも外を徘徊《はいかい》しないように。また外で寝ていたら、明日はマシュマロ抜《ぬ》きだよ」

誉が自分のベッドによじ登りながら、隣のベッドの密に釘《くぎ》を刺《さ》す。

「……わかった」

誉は密の返事に満足げにうなずくと、布団にもぐり込んだ。

「では、おやすみ」

「……おやすみ」

間もなく誉の寝息《ねいき》が漏《も》れ始めたが、密はじっと暗い天井《てんじょう》を見つめていた。

翌朝、誉はいつもより早く目を覚ました。

「ふああ……」

あくびをしながら身をよじって、隣のベッドを覗《のぞ》き込む。

「密くん、風邪の具合は――」

空っぽのベッドを認めて、誉の言葉が止まった。

「……むむ⁉　いない⁉」

あわててベッドの下も確認するが、室内のどこにも密の姿はなかった。


「密さんがいなくなった⁉」

いづみの声が、早朝の廊下《ろうか》に響《ひび》き渡る。

「ワタシが寝るまではたしかにベッドにいたんだがね……」

誉が思案顔で告げると、紬が焦《あせ》ったような表情を浮かべる。

「また外で寝ていたら、大変です。急いで探さないと――」

「俺は中庭を見てくる」

「ボクは風呂場《ふろば》の方を見てくるよ」

「私は談話室の方を見てきます！」

丞と東が動きだすと、いづみも急いで談話室へと向かった。


いづみが談話室に密がいないのを確認してから廊下に出ると、ちょうど紬たちも戻《もど》ってくるところだった。

「いないよ」

「こっちもいない」

「まさか、寮の外に出ちゃったとか……？」

東と丞の言葉を聞いて、いづみが心配げに玄関の方へ顔を向ける。

「俺、外見てきます」

「俺も行く」

紬に続いて丞が玄関へ向かうと、誉と東もそれを追った。

「ワタシも探そう」

「カントクは密が自分で戻ってきたときのために寮で待機してて」

「――わかりました」

いづみは東にうなずくと、その背中を見送った。

(密さんが戻ってきたらすぐに薬を飲んでもらったりできるように、準備しておこう……)

熱がある状態で出歩けば、悪化することは間違いない。密の容態と、今日の夜公演のことを思って焦燥感《しょうそうかん》が募《つの》る。


それから夜になっても、密が見つかったという報告はなかった。冬組メンバーだけでなく、他の団員たちも密をあちこち探し回ったが、手がかりはまったく摑《つか》めない。

談話室のソファでじっと密の帰りを待っていたいづみは、組んだ両手にぎゅっと力を込めた。

(一体どこに行っちゃったんだろう、密さん。公演まで、あと二時間しかないのに……倒《たお》れてどこかで動けなくなってるとか……？　でも、勝手に夜出ていっちゃうことなんて、今までなかった)

いづみが考え込むように床《ゆか》を見つめる。

(やっぱり、寮の中にいるのかな。あと探していないところは――)

ふと、いづみの脳裏《のうり》に東と閉じ込められた暗い部屋がよぎった。

（まさか、開かずの間？　あの部屋で一人閉じ込められちゃったとしたら……早く探しに行かなくちゃ！）

いづみは勢いよく立ち上がると、薬箱を摑み談話室を飛び出した。

（あの時は倉庫の近くにあったけど、あの後、ドアは消えちゃったし、しらみつぶしに探すしかないかな……たしか、一つだけ他とは違《ちが》うドアだった気がする）

両側の壁《かべ》を確認しながら、廊下を駆《か》け抜《ぬ》ける。

と、中庭に面した壁に、見慣れないドアがあるのを見つけた。

「――あ！　これだ!!」

（間違いない。この間のドアと同じ……！）

いづみが確信に満ちた表情で、ドアノブを回す。

ドアを開けると、室内は以前と同じように真っ暗だった。

「密さん……？」

ドアが閉じないように手で押さえながら声をかけると、部屋の隅《すみ》で何かが動いた。

「……っ」

ドアの隙間《すきま》から入ってくる光が、横たわる密の姿を照らし出す。

「密さん！　大丈夫!?」

いづみはドアの隙間に近くにあった荷物を挟《はさ》み込むと、密に駆《か》け寄《よ》った。

途端、背後でドアが音を立てて閉まる。

(開けておいたはずなのに……またこのパターンだ)

いづみが呆然《ぼうぜん》と閉ざされたドアを見つめる。

(でも、今はとにかく密さんの具合をみないと)

いづみは密に向き直ると、顔を覗き込んだ。

「……はぁ、はぁ」

呼吸の荒《あら》い密の額に手を当てたいづみの顔がはっとする。

「すごい熱……密さん、薬持って来たから、飲んで」

いづみは急いで薬箱から薬を取り出すと、密の口元に流し込んだ。

密はわずかに目を開けていづみを確認すると、再び瞼《まぶた》を閉じ、言われるままに薬を飲みくだす。

「額も冷やさないと――」

いづみが冷却《れいきゃく》シートを密の額に貼《は》ると、密が表情を和《やわ》らげた。

「……気持ちいい」

密の意識がしっかりしているのを確認して、いづみはほっと息をつく。

「もう、どうして何度もベッドから抜け出したの?」

団員全員が密を心配していることもあって、やや強い調子で問いかけると、密が、すっと視線を移した。

「……そう教わったから」

「え？」

何もない空間をぼんやりと見つめながら、密が繰《く》り返《かえ》す。

「……弱った時は潜《ひそ》んで体力の回復を待つように教えられた」

（一体誰《だれ》がそんなこと……？　親がそんなこと言うとは思えないし……）

いづみが怪訝《けげん》な表情を浮かべていると、密が辛《つら》そうに熱い息を吐《は》いた。いづみは慌てて、密の背中を支える。

「もう寝た方がいいよ。きっと、みんながすぐに見つけてくれるはず。ここには誰も密さんを傷つける人はいないから、潜まなくても大丈夫。安心して休んで」

「……うん」

いづみがゆっくりと密の背中をさすると、密は小さくうなずいた。そして、壁に背中を預けると、すがるようにいづみの手を摑む。

（よかった。少し体の力が抜けたみたいだ。でも、握《にぎ》られた手が熱い。早くベッドで休まないと……）

いづみが思案顔で密の手を見つめていた時、ふと、密が顔を上げた。

「密さん……？」

密はじっと黙《だま》ったまま窓の外に浮かんだ月を見つめている。密の眉が顰《しか》められた直後、その目に涙《なみだ》の膜《まく》が張った。

「……全部、思い出した。オレは許されないことをした。オレは、キミを……」

「思い出した……？　記憶《きおく》を取り戻したってこと？」

いづみが聞き返すも、密はいづみの声など聞こえていないかのように、じっと月を見上げている。

「『オーガスト』……ごめんなさい」

消え入るような声でそうつぶやいた途端、密の目から静かに涙が零《こぼ》れ落ちる。見ている者の胸が痛むような表情だった。

（オーガスト？）

いづみが戸惑《とまど》っていると、密は電池が切れたかのように瞼を閉じ、首を垂れた。間もなく寝息が漏れてくる。

「……すぅすぅ」

「寝ちゃった……」

（気になるけど、今は寝かせてあげよう……）

いづみはそっと密の額の汗《あせ》をぬぐった。

しばらくして、ドアの外から微《かす》かな物音がした。

「このドア――」

「ボクたちが閉じ込められた部屋のドアと同じだ」

壁にもたれて軽く目を閉じていたいづみは、丞と東の声で目を開ける。

「……ん？」

（みんなの声――）

いづみが身を起こした時、ドアが開いて光が差し込んできた。

「いたよ！」

「みんな――！」

誉に続いて、他の冬組《ふゆぐみ》メンバーの顔が見えると、いづみの顔がぱっと明るくなる。

「御影《みかげ》も一緒《いつしよ》か。無事でよかった」

「まったく、何回閉じ込められれば気が済むのかね」

丞が眠《ねむ》る密の姿を認めて息をつくと、誉もほっとしたように肩をすくめる。

「なんかデジャブですね……」

「気をつけろよ」

「すみません」

二度目の救出となるいづみは、紬と丞の言葉に素直に謝った。

「とにかく密を部屋に運ぼう」

東はそう告げると、密の傍《かたわ》らに膝《ひざ》をついた。


無事に密をベッドに寝かせた後、いづみと冬組メンバーは談話室に集まっていた。

密が見つかったとはいえ、公演まであとわずかな時間しかない。

「今日の公演は御影抜きでやるしかないな」

「でも、今更《いまさら》代役を立てるにも、間に合うかどうか……」

丞と紬が思案顔で視線を落とした時、談話室のドアが開いた。

「……おはよ」

「密さん！　起きても大丈夫なの!?」

ドアの前に密が立っているのを見て、いづみが目を丸くする。

「……もう平気」

「熱は下がったよ。ワタシも確認したから間違いない」

密の後ろから誉が顔を覗《のぞ》かせ、そう続ける。

「やれるのか？」

「……うん」

丞の探《さぐ》るような視線を受けて、密がうなずいた。

「無理はしないでね。ダメだと思ったら、すぐに言って」

いづみが心配げにそう告げた時、どこからか盛大《せいだい》なお腹《なか》の音が聞こえてきた。

「……お腹空いた」

お腹をさすりながら、マシュマロの袋に手を伸《の》ばす密を見て、誉があきれ顔《がお》になる。

「食欲もあるなら、心配はいらなさそうだね」

いづみもほっとしたように微笑《ほほえ》んだ後、ふと思いついたように口を開いた。

「そういえば、さっき記憶が戻ったって言ったけど、思い出したの？」

「記憶が戻った？　本当なのかい？」

「それで、キミの正体はなんだったのかね」

東と誉がいづみに続いて問いかけると、密はマシュマロを口に放り込みながら首をかしげた。

「……忘れた」

「ええ!?」

まったく身に覚えがないといった密の反応にいづみが驚いていると、東が微笑む。

「夢でも見てたんじゃない」

「そうなんですかね」

（『オーガスト』ってなんだったんだろう……）

いづみは月を見上げていた密の顔を思い返して、首をひねった。

トラブルはあったものの、その日のソワレはいつも通りの拍手喝《はくしゆかつ》さいと共に終演を迎えた。

舞台袖《そで》で、いつも以上に疲《つか》れた表情で丞がため息をつく。

「……はぁ。なんとか切り抜けたな」

「密さん、大丈夫？」

「……大丈夫」

いづみが密の顔を覗き込むと、密は淡々《たんたん》とうなずいた。顔に熱っぽさはなく、表情もいつも通りだ。

「熱も上がってないみたいだね。よかった」

いづみがほっと息をつくと、東が釘を刺すように続けた。

「でも明日の夜公演までゆっくり休まないとダメだよ」

「……わかった」

密は反論することなくうなずいた。

それから順調に公演を重ね、公演日も残りわずかとなっていた。

(なんだかんだで、もう明日が前楽《まえらく》か。相変わらずあっという間だ)

開演前の楽屋でいづみが感慨《かんがい》にひたっていると、冬組メンバーが真剣《しんけん》な表情で話し合いを始めていた。

「やっぱり最初の頃《ころ》よりもよくなってきたな」

「ただ、慣れた分細かいところが惰性《だせい》になってきてるから、気をつけないと」

丞の言葉にうなずきながらも、紬が自分に言い聞かせるようにつぶやく。

「そうだね。気を抜いてしまいそうになるときがある」

「気をつけねば」

東と誉も自戒《じかい》するように続けた。

成功を重ねながらも、向上心を忘れないメンバーの姿を見て、いづみが微笑む。

「残り二日、悔《く》いのないようにがんばりましょう！」

「そうですね」

「……がんばる」

いづみの声掛けに、紬と密がうなずいた。


「本日はご来場いただき、ありがとうございました！」

終演を迎えたMANKAI劇場のロビーには、観客を見送るため、いづみと冬組メンバーが勢ぞろいしていた。

「ありがとうございました」

「気をつけて帰ってねー」

誉が優雅《ゆうが》にお辞儀《じぎ》をする横で、東が軽く手を振る。観客たちは歓声《かんせい》をあげながら、その姿を目に焼き付けて劇場を後にしていく。

「よかったねー、冬組！」

「私二回目だけど、今日の方が良かった、明日の千秋楽《せんしゅうらく》も観《み》たかったなあ！」

「うんうん、チケット取れてたらなあ」

「タイマンACTだから抽選《ちゆうせん》だよね。応援《おうえん》したかった～」

観客たちの興奮冷めやらない感想が団員たちの耳にじかに届くのも、見送りの時間の醍《だい》醐味《ごみ》だ。

「みなさん、ありがとうございました」

「ありがとうございました」

紬と丞が並んで頭を下げるのをちらちらと見つめながら、二人組の若い女が帰っていく。

「丞さん。GOD座の時と全然変わっちゃったね」

「うん、丞さんの王子様スマイルが見られると思ったのに〜。残念」

「GOD座と比べると舞台も小さいし、演出も衣装《いしょう》もなんかこじんまりとしてて地味な感じ」

「主役も地味だよね」

「そうそう！　相手役があれじゃ、丞さんのいいところも全然出ないし、丞さんかわいそう」

「主役変えてほしい」

無邪気《むじゃき》な言葉が耳に届いて、紬が表情を硬《かた》くした。

「紬？　どうかしたのか？」

「──ううん、なんでもない」

丞の問いかけに首を横に振るも、どこかぎこちない。

「前楽、がんばらないとね」

「ああ、そうだな」

「芝居をどんどん良くしなきゃいけないんだ……」

自分に言い聞かせるように低くつぶやく紬を、丞が怪訝《けげん》な表情で見つめていた。

第9章 隣に立っていたいお前で

そうして冬組旗揚《ふゆぐみはたあ》げ公演『天使を憐《あわ》れむ歌。』は千秋楽《せんしゅうらく》の前日にあたる前楽《まえらく》を迎《むか》えた。千秋楽はタイマンACTのためにGOD《ゴッド》座《ざ》の劇場で公演を行うため、MANKAI劇場での公演はこれが最後となる。

開演前の楽屋を訪《おとず》れたいづみは、冬組メンバーを前に、きゅっと唇《くちびる》を引《ひ》き締《し》めた。

「このお芝居《しばい》を、ホームでやるのは今日が最後です。気合入れていきましょう！」

「ああ」

丞《たすく》が力強くうなずくと、東《あずま》が感慨深《かんがいぶか》げに目を細める。

「明日は勝負だからね。純粋《じゅんすい》に楽しめるのはこれが最後かもしれない」

「少し寂《さび》しい気もするね」

「……楽しむ」

誉《ほまれ》と密《ひそか》が東に応える中、紬《つむぎ》は黙《だま》ったまま一点を見つめていた。

「紬さん？」

いつもと違《ちが》う深刻な表情をした紬に、いづみが心配げに声をかける。

「カントク、今日の芝居、少し変えてみてもいいですか？」

「え？」

「俺、芝居をもっと良くしたくて……」

そう告げる紬は、どこか切羽詰《せっぱつ》まっているように見えた。

「構わないけど……変えるってどんな風に？」

「……任せてもらえませんか？」

戸惑《とまど》いながらたずねるいづみに、紬はただそう告げる。

「……わかった」

いづみは少し考えた後、うなずいた。

(紬さんが言うなら、大丈夫《だいじょうぶ》だとは思うけど……なんだか思いつめた表情をしてるのが心配だな)

どこかいつもと違う雰囲気《ふんいき》の紬を、いづみは不安な表情でじっと見つめた。

いづみが席に着くのと同時に開演ブザーが鳴る。

(紬さん、どんな風に変えるつもりなんだろう……)

固唾《かたず》を呑んで見守る中、赤い緞帳《どんちょう》が静かに上がった。

『心配してくれるんだね、ラファエル』

紬の芝居は第一声からいつもと違っていた。

『人間を好きになっても、不幸になるだけだぞ。俺にはわかるんだ』

『それでもいい。たとえ自分が不幸になっても、彼女を幸せにしたいんだ』

ミカエルは胸元《むなもと》でぎゅっと拳《こぶし》を握《にぎ》り締《し》め、訴《うった》えかけるように声を振《ふ》り絞《しぼ》る。

（……え⁉）

紬らしからぬその芝居を見て、いづみは内心声をあげた。

その後も、紬の芝居は今までやってきたことをすべて覆《くつがえ》すようなものに変わっていた。

『人間界に下りられるんですか？』

表情豊かに、オーバーなアクションを加える。ミカエルの性格までもが違って見えた。

『ありがとうございます。メタトロン』

いづみは唖然《あぜん》とした表情で、舞台《ぶたい》の上のミカエルを凝視《ぎようし》した。

（これ、本当に紬さんだよね……？　まるで最初の頃《ころ》の丞さんみたいな芝居……ううん、丞さんを真似《まね》ただけの偽物《にせもの》だ。紬さん、どうしてこんなお芝居を……？　芝居を良くするってこういうことだったの？　でも、これじゃあ、良くするっていうより改悪だ――）

答えのない疑問が頭の中で渦巻《うずま》く。いづみの戸惑いをよそに、舞台の上の物語は終わりへ向けて進んでいった。

客席に鳴《な》り響《ひび》く拍手《はくしゅ》を背に、いづみは舞台袖《そで》へと急ぐ。その表情は硬《かた》く、内心の混乱が表れていた。

(お客さんたちは拍手してくれてるけど、今までの舞台に比べると付《つ》け焼《や》き刃《ば》でクオリティは低い……)

いづみが舞台袖に顔を覗《のぞ》かせると、丞が紬に詰《つ》め寄《よ》っているところだった。

「紬、お前、なんであんなことをした……!」

「そんなの、俺にもわからないよ……!」

紬が動揺《どうよう》し切った様子で丞を突《つ》き飛《と》ばして、舞台袖を飛び出していく。

「紬さん――」

いづみの呼び声もむなしく、紬の姿は消えていた。

「くそっ……」

丞が悔《くや》しげに顔をゆがめる。突然《とつぜん》自分の芝居を捨てた紬への怒《いか》り、舞台の上で何もできなかった自分の無力さへの苛立《いらだ》ちが込められているようだった。

「……率直《そっちょく》に言って、今日の舞台ではGOD座には勝てないと思うよ」

「ボクもそう思う」

「……うん」

誉の言葉に、東と密が淡々《たんたん》とうなずく。いづみもその意見に異論はなかった。

「……紬さんもわかってると思います。明日の千秋楽までにちゃんと気持ちを切《き》り替《か》えましょう」

そう声をかけながらも、いづみの表情は晴れない。

丞はじっと何かを考え込むように、紬が去っていった方を見つめていた。


大道具が搬出《はんしゅつ》され、がらんとした劇場に、いづみの姿があった。

（舞台セットはこれで全部運び出したかな……）

最終チェックを済ませて、ほっと息をつく。終演後に作業を始めて、すべて終えると、深夜近くになっていた。

（明日までにGOD座の劇場に運ばないといけないなんて、大変だ。あとは、みんなで明日の演技の最終確認《かくにん》をしたいけど……紬さんの方は大丈夫かな）

明日の準備でバタバタしていたため、紬のフォローに回ることができなかった。いづみが表情を曇《くも》らせた時、後ろから声がした。

「監督《かんとく》」

「あ、丞さん。紬さんと話はできました？」

姿を見せた丞にちょうど良かったとばかりにたずねると、丞は気まずそうに視線をそらす。

「いや……」

「ちゃんと話さないと……あのままじゃ、紬さんは千秋楽の舞台で納得《なっとく》できるお芝居ができません」

「俺じゃダメだ。きっとまた紬を追《お》い詰《つ》めてしまう」

唇を噛《か》み締《し》める丞に、いづみが聞き返す。

「また？」

「……あの時もそうだった。二人でGOD座のオーディションを受けた時、紬の様子がおかしいってわかってたのに、何も言えなかった。俺だけが合格してたから、何を言っても自慢《じまん》になりそうで、声をかけられなかった」

丞は眉《まゆ》を顰《しか》めると、視線を床《ゆか》に落とす。

「そのまま紬は演劇をやめて、俺は話ができなかったことをすごく後悔《こうかい》した。でも、その後悔から目を背《そむ》けて、ただ演劇をやめた紬を責めることしかできなかった……」

（丞さん……そんな風に思ってたんだ）

いづみは最初の頃の丞の様子を思い返しながら、口を開いた。

「一度後悔したなら、二度と同じことをしちゃだめです」

きっぱりとした口調で告げると、丞がはっとしたように顔を上げる。

「その時の紬さんには声をかけられなくても、今の紬さんには声をかけられます。もう後悔しないようにしてください」

真剣《しんけん》な表情でいづみが言《い》い募《つの》ると、丞は拳を握り締め、小さくうなずいた。

「──行ってくる」

「お願いします」

未だ迷いの中にいるであろう紬を引っ張り上げられるのは、誰《だれ》よりも紬の芝居を知る丞以外にいない。いづみは祈《いの》るような気持ちで丞を見送った。


二〇四号室のドアの前に立った丞は、緊張《きんちょう》した面持《おもも》ちで一つ息をついた。ためらいの後、意を決したかのようにドアを開ける。

紬は机に向かっていた。丞が帰ってきたことに気づいているだろうに、振《ふ》り返《かえ》らない。

「紬」

丞が静かに呼びかけると、びくりと紬の肩《かた》が震《ふる》えた。

「さっきは怒鳴《どな》って悪かった」

「え……？」

意外そうな声と共に紬が振り返る。そして気まずそうな表情で視線をさまよわせた。

「今日の芝居のことなら、俺が悪くて――」

「俺が謝《あやま》りたいのはそれだけじゃない」

丞は紬をまっすぐに見据《みす》えると、先を続けた。

「GOD座のオーディションを受けた後、お前に何も言わなかったことを、ずっと後悔してた。俺だって、ずっとお前と一緒《いっしょ》に演劇をやりたかった。学芸会の時からずっと――。だから、GOD座の入団試験に誘《さそ》ったんだ」

丞の視線から逃《のが》れるように、紬がうつむく。口元には自嘲《じちょう》的な笑《え》みが浮《う》かんでいた。

「俺が試験に落ちたのはしょうがないよ。丞が謝る事なんてない」

「そうじゃない。あの時、お前に言えなかったことを今、聞いてくれ。俺はずっとお前の芝居が好きだった。俺には絶対にできない繊細《せんさい》な表現。得意なマイムでも満足しようとせずに突《つ》き詰《つ》めるストイックな姿勢。一緒に舞台に立てることが誇《ほこ》らしかった」

丞はためらうことなく正直な気持ちを口にして、でも、と続ける。

「同時に嫉妬《しっと》していた。俺には絶対にできないお前の芝居がうらやましかった」

「丞が？」

紬が驚《おどろ》いたように顔を上げる。

「それなのに、ずっと隣にいたお前に、素直《すなお》にそう伝えることができなかった。もし、伝えていたら、お前は演劇をやめたりしなかったかもしれないのに。俺はその罪悪感を、演劇をやめたお前に対する怒りに転嫁《てんか》してごまかしていたんだ……悪かった」

丞がそう言って頭を下げる。

ずっと共に演劇を続けてきた仲間であり、切磋琢磨《せっさたくま》してきたライバルだからこそ、言えなかったのだろう。今さら、何も言わなくともわかり合える、今までずっと一緒にやっていけたのだから、これからだって同じようにやっていける、そんな驕《おご》りが丞の口を重くしたのかもしれない。同時に、自分が望んでも手に入れられない芝居を、あっさり捨ててしまった紬に対する怒りが抑《おさ》えられなかった。

「丞……」

「お前はお前のままでいろ。俺が隣に立っていたいと思うお前の芝居をしろ。俺だけじゃない。あいつらだってそう思ってるはずだ」

冬組メンバー全員の意見を代弁する丞の目を、紬は黙って見つめ返した。


「紬くんは、大丈夫なのかね」

「……あのままじゃ負ける」

「そうだね。紬も何か思うところがあってのことだろうけど……」

誉と密と東が一様に不安げな表情を浮かべて、劇場の客席に座《すわ》っていた。

「信じて待ちましょう」

いづみがそう言いながら客席の扉の方を見た時、ちょうど扉が開いた。

「悪い、待たせた」

丞が紬を伴《ともな》って入ってくる。

紬はいづみたちの前に立つと、小さく頭を下げた。

「みんな、今日の舞台では勝手なことをしてごめん。芝居をよくしよう、よくしなきゃという気持ちだけが焦《あせ》って、一番大事なことを忘れてた。もう一度自分の芝居を見つめ直したいと思う」

「紬さん……」

開演前のどこか焦ったような表情ではなく、落《お》ち着《つ》き払《はら》った様子の紬を見て、いづみがほっと息をつく。

「ワタシは紬くんの演技が好きだよ。キミはそれをもっと誇りに思った方がいい」

「そうだね。紬が紬の芝居を否定することは、今回の舞台すべてを否定することだ」

誉と東が真剣な表情で、紬に告げる。

「……自信もつ」

「自信か……そうだね」

密が淡々とした口調で伝えると、紬が小さくうなずいた。

「俺は間違《まちが》ってた。この舞台は俺だけの芝居でできてるわけじゃないのに……」

紬は冬組メンバー一人一人の顔を、強い意志のこもった目で見つめた。

「もっとよくしよう。俺たちの芝居を、俺たちなりのやり方で――」

「そうだな」

「うむ」

紬の想《おも》いを受けて、丞と誉が満足げにうなずく。

「それじゃあ、明日の舞台で後悔のないように最終調整しましょうか！」

いづみは気持ちを切り替えるように、笑顔《えがお》でぱん、と手を打った。

「GOD座の舞台はここよりももっと広い。立ち位置はもう少し外側の方がいい」

丞が舞台の広さを確認するように、大股《おおまた》で横切る。

「あんまり奥《おく》に行かないように、視線に気をつけて。誉さん、舞台のこっちの端《はし》にいた方が雰囲気が出ていいと思います！」

いづみも見取り図を頭に思《おも》い浮《う》かべながら、舞台の端の方へと足早に歩いた。

「カントク、あぶない！」

いづみが舞台の外へと足を踏《ふ》み出《だ》すのを見て、紬が声をあげる。

いづみの体が何もない空間へ大きく傾《かたむ》いた時、密が、ぐっといづみの腕《うで》を引いた。

「――っ」

「……気をつけて」

「あ、ありがとう、密さん」

いづみが体勢を整えながら、礼を言う。

「一瞬《いっしゅん》動きが見えなかったよ」

「忍者《にんじゃ》か」

いづみから数メートル離《はな》れたところにいたはずの密が、一瞬にして移動したのを見て、誉と丞が感心したようにつぶやく。

「というか、まだここはMANKAI劇場なんだから、そんなところまで舞台はないぞ、監督」

「す、すみません……！　つい！」

丞にあきれたように注意されて、いづみの頬《ほお》が赤くなった。

「気をつけてくださいね」

紬にも心配げに微笑《ほほえ》まれて、恥《は》ずかしそうにいづみの体が縮こまる。

「羽がついてるんだし、飛べたら便利なんだけどね」

「たしかに！」

誉の言葉にいづみが大きくうなずくと、紬が苦笑《くしょう》した。

「無茶言わないでください」

「舞台の意味ないな」

「ふふ、できたら面白《おもしろ》いけどね」

丞があきれたようにつぶやけば、東が微笑む。

「……幸《ゆき》に頼《たの》む」

「そんな仕掛《しか》けできますかね⁉」

密のつぶやきに、いづみが突《つ》っ込《こ》む。

「……ワイヤーつければいけるか」

「本気？」

考え込むように告げる丞を、紬がまじまじと見つめる。

「あはは。次はそんな演出も面白いかもしれないですね！」

二人のやり取りを聞いていたいづみが噴《ふ》き出《だ》した。

「ワイヤーで飛ぶなら、次は蝶《ちょう》の話でもやるかね。ワタシはアゲハチョウの役をするよ」

「……羽シリーズ」

誉が優雅《ゆうが》に両手を広げて見せると、密がぼそっとつぶやく。

「羽組《はねぐみ》って言われるぞ」

「……ふっ」

あきれ交じりに丞が突っ込むと、密が小さく噴き出した。

密が笑みを浮かべているのを見て、いづみが目を見開く。

「密くんが笑ったよ！」

「初めて見たね」

「たしかに！」

誉と東、紬も驚いたように密を見つめている。

「何がツボに入ったんだ」

「羽組じゃない？」

首をひねる丞に東が答える。

「くだらない」

丞が腑《ふ》に落ちない表情を浮かべていると、誉が大仰《おおぎょう》にうなずいた。

「謎《なぞ》の密くんはツボも謎なのだよ！」

「納得できるようなできないような説明ですね!?」

いづみの突っ込みに密がまた笑みを漏《も》らし、東と紬もつられたように笑う。誉が大きな笑い声をあげ、丞も思わず噴き出した直後、ごまかすように咳払《せきばら》いをした。

そんな様子がおかしくて、いづみも顔をほころばせた。

（こんな風に冬組のみんなで笑いあえるようになるとは思わなかったな。打ち解けるまで少し時間はかかったけど、本当に良かった……）

冬組メンバーの笑顔を見ながら、いづみはそっと目を細めた。


最終調整も終えた深夜、舞台の端に紬が一人腰掛《こしか》けていた。ぼんやりと客席を見つめているその表情は柔《やわ》らかい。

どれだけそうしていただろうか、音もなく客席の扉が開いた。

「……まだここにいたのか。寮《りょう》に帰ってこないと思ったら」

あきれたような表情で、丞が紬の元へ近づいてくる。

「なんか、離れがたくて。終わらない文化祭前みたいなこの感じが大好きだったんだ」

いたずらが見つかった子供のような表情で、紬が劇場をぐるりと見回す。

「文化祭って……ガキじゃないんだから」

丞はそう言いながらも、紬の隣に腰を下ろした。

「明日でミカエルともお別れかと思うとさびしいよね」

「そうだな……でも、これからまた新しい役できるだろ」

「その前にＧＯＤ座に勝たないと解散だよ」

「そういえばそうか……俺はここ追い出されたら、もう行くとこないし、なんとかしないとな」

丞がふと客席の後方へ視線を投げると、紬が膝《ひざ》の上に置いた拳を握り締める。

「そうじゃなくても、俺はこの冬組でやっていきたい。たーちゃんと一緒に、この冬組で」

丞は真剣な表情の紬をじっと見つめた後、わずかに顔をしかめた。

「……つむ、たーちゃんはやめろ」

「そっちこそ、つむはやめてよ」

どちらからともなく、ふっと口元に笑みを浮かべる。

「明日、絶対勝つぞ」

「うん」

多くを語らなくても、お互《たが》いの胸に宿る思いは同じだった。二人は強い意志のこもった目で前を見据えていた。

BARTHOLOMEW ROBERTS
BARCELONA
CARIBBEAN
TOLEDO
LONDON
BURGLAR
BLASTING
HOMICIDE
GO TO
THE
GUIL
LOT
INE
WANTED
£3,500,000
PRIZE MONEY
IS PRESENTED TO
THE PERSON CATCHING THEM.

第10章 祈りのように

GOD座《ゴッドざ》の劇場はMANKAI劇場よりも一回りも二回りも大きい。収容人数もけた違《ちが》いで、古ぼけたMANKAI劇場に比べると、外観も内装も小奇麗《こぎれい》で豪華《ごうか》だった。

「ここがGOD座の劇場なんですね……」

いづみが圧倒《あっとう》されたかのように、埋《う》まりつつある客席を見回す。

「なんだかずいぶん久しぶりな気がするな」

「本当に広いね……」

丞《たすく》と紬《つむぎ》がしみじみとつぶやく。

「座席数も倍以上なんじゃないかな。見る限り満席だし」

「それだけたくさんの人に見てもらえるってことですよね！」

東《あずま》の言葉に、いづみは気を取り直すように答えた。

と、その時、開演ブザーが鳴った。

「……GOD座の公演が始まる」

「さて、お手並み拝見というところだね」

静かに明かりが落とされる中、密《ひそか》がじっと舞台《ぶたい》を見つめ、誉《ほまれ》はシートに背をもたれた。

ＧＯＤ座の舞台は重厚《じゅうこう》な物語に派手な演出と衣装《いしょう》が特徴《とくちょう》だ。トップと呼ばれる主役を張る役者を中心に、数多くの女性ファンを獲得《かくとく》している。

（話には聞いてたけど、本当にお金がかかってる舞台だな。主役の衣装替《が》えだけでも三回はやってるし、プロジェクション使ってる演出も派手だ）

いづみは演出の細部まで頭にメモをしながら、舞台を見つめていた。

（それに……水!?）

舞台の中央に水しぶきが上がり、いづみが目を丸くする。

「水を使った演出とか、すごいね……」

「……相変わらずだな」

「演劇というよりはショーだね」

二幕を終えて休憩《きゅうけい》時間に入るなり、いづみと同じところで驚《おどろ》いたらしい紬と丞、東がつぶやいた。


幕が下りるのと同時に、割れんばかりの拍手《はくしゅ》で劇場が揺《ゆ》れる。

「すごいスタンディングオベーション」

拍手をしながら辺りを見回したいづみが、呆然《ぼうぜん》とつぶやく。

多くの観客が立ち上がり、舞台へ向けて大きな拍手を送っていた。それだけ、GOD座の舞台が観客たちの心を掴《つか》んだということだ。

これから芝居《しばい》をしなくてはならない冬組《ふゆぐみ》メンバーは、対戦相手の強大さに表情を硬《かた》くした。

「きゃー晴翔《はると》ー！」

「晴翔ー!!」

「GOD座のファンが多そうだな」

客席のあちこちから黄色い歓声《かんせい》があがると、丞が厳しい表情でつぶやいた。

タイマンACTはここにいる観客の票で、勝負が決まる。固定ファンが多い方が当然有利だ。

「……気持ちを切《き》り替《か》えて、集中しましょう」

「そうですね。急いで準備しないと――」

いづみが口を引《ひ》き締《し》めると、紬も静かにうなずいた。

舞台裏《ぶたいうら》ではGOD座の大道具のばらしとMANKAIカンパニーの大道具の組み立てが急ピッチで進められていた。こんな短い時間に二つの公演が連続するというのは、普通《ふつう》なら有り得ないだけに、スタッフは緊迫《きんぱく》した雰囲気《ふんいき》の中、慌《あわ》ただしく動き回っている。

予定より少し遅《おく》れて、劇場内にアナウンスが響《ひび》く。

（セットは組み上がった。あと五分で開演だ……）

舞台袖《そで》で時計に目を落としたいづみは、何もミスがないか確認するように辺りを見回した。

ふと、じっと黙《だま》ったまま舞台を見つめる紬の姿が目に留《と》まる。

（やっぱり、プレッシャー感じてるかな。目の前でスタンディングオベーションだもんね）

「紬さん、大丈夫《だいじょうぶ》ですか？」

「え？」

いづみが気づかわしげに声をかけると、紬が目をぱちくりさせた。

「緊張《きんちょう》とかしてませんか」

重ねてたずねると、ようやく意味がわかったようにああ、と声を漏《も》らす。

「そうですね……緊張はしてます」

そう素直《すなお》に認めた後、舞台の方へと再び視線を投げる。

「でも……ここに立っていたい。もう、今はそれしか考えられない」

「そうですか」

紬の目に映っているのは板の上、いやミカエルが生きている世界だけだった。この舞台の上に立っている喜びを噛《か》み締《し》めるかのように、ゆっくりと瞬《まばた》きをする。

いづみは静かに集中する紬の様子を見つめながら、懐《なつ》かしそうに目を細めた。

(私も、舞台に立っていた頃《ころ》はずっと同じ気持ちだったな)

かつては一向に花開くことのないまま役者という仕事にしがみついていた。ただただ、舞台に立つことが好きで、自分にとってそれがすべてだった。

(でも、今は違う……)

いづみの脳裏《のうり》に、団員たちの声が次々とよみがえってくる。

『あの時見た役者さんみたいに、自分だけの、自信をもって演じ続けられる役が、居場所が欲しかったんです』

『一週間……一週間だけチャンスをもらえませんか。それでダメなら諦《あきら》めます。稽古《けいこ》も出るんで』

『ビロードウェイでストリートACTしてた、アンタの芝居が好きだから、俺《おれ》も同じようにがんばっただけ』

『ワタシ、カントク信じてついていくネ――』

『なんか今……今までの人生でないくらい、自分が熱くなってて、笑えるだけ』

ある者は舞台の上に唯一無二《ゆいいつむに》の居場所を見つけ、ある者はたった一度のチャンスに賭《か》け、ある者は演劇によってはじめての仲間を得、ある者は演劇に人生を変えられた。

『せーの、夏組《なつぐみ》ファイトー!』

『……ありがと、アリババ』

『ラスト、一緒《いっしょ》に最高の芝居がしたい。今この瞬間《しゅんかん》のオレたちにしかできない最高の芝居を──』

『すごい、スタンディングオベーションだよ！　なんか、もう感動しすぎて、ボク──』

『たのしかったね～!!　演劇はおもしろい～！』

　たまたま集まっただけだった仲間たちが日々稽古を重ね、衝突《しょうとつ》し、わかり合い、支え合うことで頼《たの》もしい友人となり、共に逃《に》げ場《ば》のない本番の板の上に立つ。

『──下手なのはわかってる。でも、どうしても芝居がやりてぇ。俺を劇団に入れてくれ』

『今は、あいつだけじゃない、俺の夢でもあるのか』

『……俺に本気を出させたことを、後悔《こうかい》させてやるよ』

『俺、やっぱり、みんなと芝居がしたいよぉ……っ』

『お前ら、GOD座が何してこようが、絶対明日の舞台成功させせっぞ！』

　激しくぶつかり合い、成長し、あらゆる困難を跳《は》ねのけて、カーテンコールの称賛《しょうさん》を全身に浴びる。

　いづみはそのすべての瞬間、瞬間が、これ以上なく愛《いと》しく思えた。

（ここから出ていって、舞台の上で満開に咲《さ》いて帰ってくるあなたたちを、ずっと見ていたい）

カーテンコールを待つ団員たちの背中が、舞台から漏《も》れてくるライトの明かりで彩《いろど》られる様を思い浮かべる。

今回の勝負に負ければ、その望みは叶《かな》わない。だからこそ、心の底から強く湧《わ》き上《あ》がってくる。

（この劇団に入るまではこんなこと、考えたこともなかったな……私はもう役者の立花《たちばな》いづみじゃない。総監督《そうかんとく》の立花いづみなんだ）

いづみが、ふっと口元に笑《え》みを浮《う》かべた時、アナウンスが流れた。

「間もなく開演いたします」

いづみは一つ息をつくと、冬組メンバーに声をかけた。

「……みなさん、今日はこのメンバーで舞台に立つ最後の機会になるかもしれません。何も思い残すことのないように、やり切ってください！」

「はい」

「ああ」

いづみの気持ちを受け取ったかのように、紬と丞がしっかりとうなずいた。

「そうだ、円陣《えんじん》組みましょうか」

「円陣？」

紬の提案に、丞が怪訝《けげん》そうな表情を浮かべる。

「なんだか恥《は》ずかしいね」

「学生以来だよ」

「……やる」

誉と東がためらいながら紬に歩み寄ると、密も素直にうなずく。

「で、掛《か》け声《ごえ》は？」

円形になったところで丞が紬にたずねると、紬は首をかしげた。

「……考えてなかった」

「なんだそりゃ」

「締《し》まらないね」

「すみません」

丞と誉にあきれたように笑われて、紬が眉《まゆ》を下げる。

それからそっと、両脇《りょうわき》の密と東の背に手を添《そ》えた。自然と他のメンバーもそれに倣《なら》って一つの円ができると、紬が口を開く。

「……俺は、リーダーには向いてないかもしれない。最初から最後まで悩《なや》んで、迷って、みんなにも迷惑《めいわく》をかけたと思う。でも、俺は、みんなと作るこの舞台が好きだ。もっとずっとやっていたい。これを最後になんてしたくない。何度だって、このメンバーで板の上に立ちたい。今はただ、そう思ってる」

静かな口調ながら、想《おも》いのこもった言葉だった。

丞がにやりと笑う。

「最後になんてするわけないだろ」

東と誉も微笑《ほほえ》む。

「ボクもみんなとやっていきたいと思ってるよ。舞台の上で、みんなと一緒にいたい」

「ワタシも同じ気持ちだよ。唯一《ゆいいつ》、みんなとなら繋《つな》がれる気がするのだ」

「……ここがオレの居場所」

密がうなずくと、紬が泣きそうな顔で微笑んだ。

「うん——行こう」

そして、開演ブザーが鳴った。


開演五分前、関係者席にMANKAIカンパニーの団員たちの姿があった。

「おつピコ！」

一成《かずなり》が軽く手を挙げて、すでに座っていた天馬《てんま》に声をかけると、天馬が眉をひそめた。

「遅《おそ》い」

「ごめんご。GOD座のファンでロビー埋まってて動けなくてさ」

「投票する観客の中にもファンは多いし、強敵だな」

一成が通路側の席に座ると、後ろに座っていた幸《ゆき》が思案顔をする。

「さっきの舞台も、すごく豪華だったよね」

椋《むく》が不安そうな表情でつぶやくと、咲也《さくや》もうなずいた。

「……冬組のみんな、大丈夫かな。緊張してないといいけど」

「緊張するなって方がムリ」

「だよな。負けたら劇団おしまいだし」

真澄《ますみ》の言葉に綴《つづる》が硬い表情でうなずく。

「ナスはナスダヨ！」

「何の話!?」

シトロンの唐突《とうとつ》な横やりに、綴が突っ込む。

「ナスの話？」

「為《な》せば成ると見た」

首をかしげる真澄に、至《いたる》がひらめいたとばかりに告げた。

列の中央には秋組《あきぐみ》メンバーの姿があった。

腕《うで》を組んだ左京《さきょう》が、眉間《みけん》に皺《しわ》を寄せて舞台をじっと見つめている。

「観《み》てる方が緊張しそうですね」

臣《おみ》の言葉に、左京は舞台から視線を外さないまま答える。

「黙って見守るしかねぇだろ。あいつらを信じろ」

「そうですね……」

「あんな腐《くさ》った根性《こんじょう》の劇団になんて負けるかよ」

万里《ばんり》が鼻を鳴らすと、太一《たいち》がぐっと拳《こぶし》を握り締めた。

「そうッス！　ＭＡＮＫＡＩカンパニーがＧＯＤ座なんかに負けるわけないッス！」

「言うようになったな」

「ッス！」

十座《じゅうざ》がにやりと笑うと、太一も屈託《くったく》のない表情で笑い返した。

間もなく開演ブザーが鳴り、静かに幕が上がる。


『バカなミカエル』

『心配してくれるんだね、ラファエル』

『人間を好きになっても、不幸になるだけだぞ。俺にはわかるんだ』

ＧＯＤ座の公演とは打って変わった静かな芝居が舞台の上で繰《く》り広《ひろ》げられる。

視線のやり取り、間《ま》の取り方、言葉のない掛《か》け合《あ》いは付き合いの長い二人にしかできない絶妙《ぜつみょう》さだった。息つく間もなく観客を惹《ひ》きつけるさっきのGOD座の舞台とは違う。役者の一挙手一投足、息遣《いきづか》いにまで集中させる芝居だ。観客は自然と息をひそめて二人のやり取りを見守る。

紬の芝居は今までで一番冴《さ》え渡り、丞もそれに負けないくらい上がってきていた。お互《たが》いがお互いの芝居をどんどん引き上げていく。

『人間の女を助けたい？　へえ。お堅《かた》いミカエルがずいぶん大胆《だいたん》なことを考えるんだな。それなら、人間界に下りればいい』

誉の演技は最初の頃に比べると、技術はもちろん役への理解が深まって情感が加わっていた。

（誉さんは自分のことを人の心がわからない、壊《こわ》れたサイボーグだって言ってたけど、そんなことない。みんなが疑心暗鬼《ぎしんあんき》に陥《おちい》ってぎくしゃくしてたとき、誰《だれ》よりもみんなの気持ちをわかってた。きっとみんなと過ごすうちに、人の気持ちもわかるようになったんじゃないかな。そしてそれは、わかりたいと強く願ったから……）

芝居には役者の内面が表れる。否応《いやおう》なくその変化に影響《えいきょう》される。いづみは誉の芝居の変化を見て取り、うれしそうに微笑んだ。

『彼女の魂《たましい》はもう天に迎《むか》える日が決まっている。余計な横やりはやめてくれ』

ウリエルを演じる密の顔が不快そうにゆがめられる。

『そのリストはあくまでも予定だよ。確定じゃない』

『だとしても、君の一存で捻《ね》じ曲《ま》げられるようなことじゃない。あまり私情を挟《はさ》むようなら、天法《てんぽう》会議にかける』

密の芝居は以前よりも表情が豊かになっていた。

(いつも自分の気持ちを語らない密さんだけど、記憶《きおく》もなくて何もわからなかった最初の頃とは何かが変わったんだと思う。みんなと一緒にいられるこの場所を、自分の居場所だと思えるようになったのかもしれない)

いづみの脳裏《のうり》に初めて見た密の笑顔《えがお》がよぎった。

『彼女からの手紙だ。悪いが、もう手紙は届けられない。すまない。理由は手紙を読めばわかると思う』

フィリップを演じる東の表情には、以前よりミカエルへの同情の念が表れていた。手紙のやり取りをする中でミカエルに情が移っていたことや、それ故《ゆえ》に悩んでいたことが伝わってくる。これまでの公演よりもフィリップの人間性の表現が深まっていた。

(東さんはみんなとの信頼《しんらい》関係のおかげか、より芝居にのめりこむようになった)

他のメンバーと同じく東の芝居も変化していた。今この瞬間も、お互いの芝居に影響を受けて変わり続けている。

いづみはぎゅっと胸元《むなもと》を摑んだ。

（みんなから芝居をよくしようっていう気持ちが伝わってくる。ずっとこうして舞台に立っていたい、そんな祈るような気持ちが、痛いくらいに……）

これが最後になるかもしれない、だからこそ必死に舞台の上で生きる、そんな覚悟《かくご》が伝わってくるようだった。

（張りつめたような緊張感のある雰囲気が、また今回の悲劇にぴったりで、ぐっとくる）

いづみは泣きそうな表情で、瞬きもせずに舞台に立つ冬組メンバーの姿を見守った。

やがて、物語はクライマックスを迎える。

『お前はもう天使に戻《もど》れない。お前という存在は消えてしまうんだぞ？』

『それでも、初めて愛した人を守れて、親友の君に魂を送ってもらえるんだから、僕《ぼく》は幸せだよ』

儚《はかな》げに微笑むミカエルの姿が、どんどん薄《うす》れていく。

『ミカエルの大バカ者』

『ありがとう。永遠に君と共に……』

涙《なみだ》交じりのラファエルの声に、ミカエルの最後の声が静かに溶《と》け合《あ》って、消える。

（紬さん……まるで祈りのような……）

アドリブは、紬の心の底からの言葉だったのだろう。ただただ純粋《じゅんすい》な慈愛《じあい》に満ちた、天から降ってくるかのような声だった。

耳が痛くなるような静寂《せいじやく》が、劇場全体を包む。

(拍手がない……?)

いづみが客席を振り返ろうとした時、爆発《ばくはつ》するような拍手の音が舞台にぶつけられた。

「――っ」

あまりの大きさに、一瞬《いっしゅん》息を詰《つ》まらせる。

(割れるような拍手――)

観客たちが興奮した様子で次々と立ち上がる。

「ブラボー!」

「――っすごい、よかった!」

涙をぬぐいながら、夢中で手を叩《たた》き続ける観客の姿があちらこちらで見られた。


舞台袖から客席の様子をうかがっていた紬が、ほっと息をつく。

「びっくりした……」

「驚《おど》かせやがって」

丞も安心したように脱力《だつりよく》した。

「客が帰ってしまったのかと思ったよ」

「……時間差」

「ずいぶん焦《じ》らされたね」

誉が肩《かた》をすくめてみせると、密がつぶやき、東が苦笑いを浮かべる。

「でも、すごいよ」

「……鳴りやまないな」

拍手の音はいつまでもその勢いを失わず、むしろさらに大きく膨《ふく》れ上がっていく。紬と丞が高揚《こうよう》した表情で客席の方を見つめていた。

やがて再び静かに幕が上がり、ライトの明かりを受けると、紬はほっとしたようにメンバーを振り返った。

「カーテンコール！」

紬の声で、冬組メンバーは再び光の中に包まれていった。


「このたびはGOD座VSMANKAIカンパニーのタイマンACT公演にご来場いただき、誠《まこと》にありがとうございます。お客様にお知らせします。間もなく投票を締《し》め切《き》ります。投票がまだお済みでないお客様は、お急ぎください」

「投票箱はこちらでーす」

「投票よろしくお願いします！」

アナウンスに続いて、スタッフや支配人の声がロビーや客席に響《ひび》き渡る。

舞台袖でじっと舞台の上を見つめている紬に、いづみが声をかけた。

「緊張してますか？」

開演前と同じ質問をするいづみに、紬が少し考えた後ゆっくりと首を横に振る。

「……いえ、今は、あんまり」

あいまいに答える紬に代わって丞が口を開く。

「魂《たましい》が抜けたみたいな感じだ」

「まさにそれだね。抜け殻《がら》だよ」

「燃《も》え尽《つ》きたって感じだね」

「……空《から》っぽ」

丞の言葉に誉や東、密が続く。一様にどこかぼんやりとしたような、満ち足りたような表情を浮かべていた。

「出しきったってことですね」

いづみがにっこりと微笑《ほほえ》むと、紬は舞台の方へ再び視線を向けた。

「あとは、結果だけですね」

紬につられていづみも舞台の方へと目をやったが、その表情に不安の色はまったくなかった。

（きっと大丈夫……やり切ったみんなの顔を見てたら、そう思えてくる。できることはすべてやった。結果がどうなっても、もう後悔はない）

いづみが口元を引き締めた時、アナウンスが聞こえてきた。

「集計結果が出ました。GOD座とMANKAIカンパニーの出演者は、舞台上にお集まりください」

アナウンスに従って、冬組メンバーとGOD座の晴翔が舞台上に集まる。

一同が固唾《かたず》を飲んで結果発表を待つ中、アナウンスが流れた。

「結果を発表します。GOD座、467票。MANKAIカンパニー――」

いづみが無意識に拳を握り締める。

「469票」

「え……？」

獲得票数が発表された途端《とたん》、いづみがぽかんと口を開ける。

「勝った……？」

紬も呆気《あっけ》にとられたような表情を浮かべる横で、神木坂《かみきざか》レニの顔色がさっと変わった。

「よって、MANKAIカンパニーの勝利です！」

「やった――!!」

いづみが飛び上がって喜ぶ。客席からも歓声が沸《わ》き上《あ》がった。

「勝ったんだ……！」

「……っよし！」

紬が感無量といった表情で目を潤《うる》ませ、丞がガッツポーズをとる。

「勝ってしまったよ!?」

「――は、は。本当だね」

「……びっくり」

泣き笑いのような顔で誉が声をあげ、東も信じられない様子で笑い、密もわずかに目を見開く。

一方、GOD座の晴翔は愕然《がくぜん》とした表情で立ちすくんでいた。

「ウソだろ……」

晴翔のつぶやきは辺りで沸き立つ歓喜《かんき》の声にかき消される。

「みんな、本当によかった――っ」

紬が涙声《なみだごえ》で冬組メンバーの肩を抱《だ》き寄《よ》せる。

「おどろいたよ……こんなに、うれしいものだなんて思わなかった……」

「――こういう時は、素直に泣きたまえ！」

どんな顔をしていいかわからない様子の東に誉がそう告げると、東の目からぽろりと涙が零《こぼ》れ落《お》ちた。

「やったね、みんな！」

いづみが舞台上の冬組メンバーの元に駆《か》け寄《よ》ると、他の団員もそれに続いた。

「おめでとうございます！」

「やったヨ!!」

咲也がもらい泣きしながらお祝いし、シトロンもうれしそうに拍手する。

「おめ!!」

「おめでとー!!」

「あーあ、大のオトナがみっともなく泣いちゃって」

一成や椋が笑顔を浮かべる中、幸がほっとしたような表情で紬たちをからかった。

その様子を舞台袖から忌々《いまいま》しげに見ていたレニが、舌打ちをして踵《きびす》を返す。

「――待ってください」

そのまま立ち去ろうとするレニを、紬が止めた。

レニがゆっくりと振り返る。

「神木坂さん……俺はあなたの言葉で一度、演劇の道をあきらめました」

「恨《うら》み言《ごと》か？」

眉を上げるレニに、紬が首を横に振る。

「でも、あの時があったからこそ、今こうして大事なものをつかむことができた。だから、感謝しています」

まっすぐな紬の言葉にレニは鼻を鳴らすと、いづみの方へ視線を向けた。

「立花の娘《むすめ》。今回は譲《ゆず》ったが……次は必ず叩き潰《つぶ》す」

「――負けません」

レニの憎《にく》しみのこもった眼差《まなざ》しを正面から受け止める。

「そんなことを言っていられるのも今のうちだ」

レニは小さく鼻を鳴らすと、再び踵を返して歩き始めた。

「あ、待ってください、レニさん！」

その後を慌てて晴翔が追う。

「晴翔！　お前は降格だ！」

「えっ、そんな……！」

そのまま出ていこうとするレニの前に、左京が、すっと立ちふさがった。

「――おい。まさか、このまま無事に帰れると思ってないよな？」

左京の隣《となり》では、舎弟《しやてい》の迫田《さこだ》がポケットに手を突っ込んでレニを睨《にら》みつける。

「オラオラ、散々好き勝手してくれた落とし前つけてもらおうかワレー」

「……脅《おど》すつもりか？」

「さ、左京さん、刃傷沙汰《ざた》はダメですよ!?」

レニが眉を吊《つ》り上《あ》げると、いづみが慌てて左京を止めた。

「約束の金を出せ」

左京が眼鏡《めがね》のブリッジを押し上げながら、低く告げる。

「金？」

レニが聞き返した時、いづみが思い出したかのように声をあげた。

「あ！　うちが勝ったら、今回の売上金くれるって言いましたよね⁉」

いづみが詰め寄《よ》ると、レニは大きく舌打ちをした。そして、ポケットから小切手を取り出し、殴《なぐ》り書きする。

「ほら、小切手だ。これでいいだろう」

レニは忌々しげに小切手を一枚切り取って左京に放ると、再び背を向けた。

「明細もよこせ」

「――後で送る！」

左京の言葉に苛立《いらだ》ちまぎれに答え、足音高く去っていった。

（しっかりしてらっしゃる！）

左京の鮮《あざ》やかな集金ぶりを見ていたいづみが感心していると、左京が指を鳴らした。

「迫田！」

「アイアイサー！」

迫田がさっとノートパソコンを差し出す。

「パソコンなんてどうするんですか？」

いづみが不思議そうにする中、左京は素早《すばや》くキーボードで何やら打《う》ち込《こ》むと、エンターキーを叩いた。

そのままじっと画面を確認した左京が、一つ息をつく。

「……完済だ」

「完済⁉」

「完済って、関西とか監査委《かんさい》とかじゃなくて完済ですか⁉」

いづみと支配人が目を丸くして聞き返すと、左京は静かにうなずいた。

「やったー！　借金完済‼」

「キタコレ」

「おめダヨー！」

咲也が飛び上がり、至とシトロンが笑顔を見せる。

「おめめー‼」

「やったッス！　本当に良かったッス！」

一成と太一も喜びの声をあげた。

「まつり縫《ぬ》いしまくった甲斐《かい》があったな」

「ッス！」

今回の衣装で大活躍《だいかつやく》した太一を臣が労《ねぎら》うと、太一が満面の笑みでうなずく。

「みんな、今日は盛大《せいだい》に打ち上げしないとね！」

「っし！」

いづみが明るく声をかけると、万里がガッツポーズをした。

「今日は美味《おい》しいお酒が飲めそうだ」

「うむ。こんなにすがすがしい気持ちになったのは、久しぶりだよ」

「朝まで飲まないとな」

東が微笑むと、誉も晴れやかな表情でうなずき、丞も笑みを浮かべた。

「……マシュマロ」

「いっぱい用意しないとね」

「切らすと、密が寝《ね》ちゃうからね」

密のつぶやきに、紬と東が答える。

（また、これからもみんなと舞台が作れる。一緒にやれるんだ……！）

いづみは感無量といった面持《おもも》ちで、団員たちを見つめた。

「監督《かんとく》！」

不意に、切羽詰《せっぱつ》まった表情の綴に呼びかけられて、いづみが首をかしげる。

「なんか、冬組の舞台すっげー良かったんすけど、ＧＯＤ座の舞台観たらもやもやして……」

「もやもや？」

「俺の脚本《きゃくほん》がまだまだだなって。もっとみんなの芝居を活《い》かせる本が書きたい。みんなの芝居がよくなっていくのと同じように、脚本もよくしていかなきゃ……」

綴は自分の拳を見下ろしてそう告げると、ぱっと顔を上げた。

「俺、もっともっと、すごいの書いてみせます！　だから、これからもいっぱい書かせてください！」

気合いの入った綴の顔を見て、いづみが微笑む。

「綴くんはうちの看板劇作家だって言ったでしょ。これからもがんばろうね」

「ッス！」

(脚本だけじゃない。演出もセットも衣装も、まだまだ私たちは上を目指して行かないといけない。これで終わりじゃないんだ)

いづみも気合を入れ直すように口元を引き締めた。

「ここで満足するなよ」

いづみの心の内を見て取ったかのように、左京が告げる。

「――左京さん」

「GOD座にお情けの票差で勝ったくらいで、満足するんじゃねえぞ」

「私も、今そのことを考えてました」

「ならいい」

左京は腹をくったようないづみの顔を確認すると、す、と目をそらした。そして、観客席の後ろの方へと遠く視線を投げる。

「各組ある程度公演を重ねたら、増員を検討しろ。メインキャスト五人じゃ、皆木《みなぎ》の世界観が収まらなくなる。今後は経費にも余裕《よゆう》が出るしな」

「節約の鬼《おに》が珍《めずら》しいですね」

意外そうにいづみが混ぜっ返すと、左京が苦虫を嚙み潰したような顔をする。

「必要経費については話が別だ。――お前の親父《おやじ》が果たせなかった夢、本気で目指すぞ」

ふと、左京が真剣《しんけん》な表情でいづみを見た。

「え？」

「フルール賞だ」

聞き返したいづみに、左京がはっきりと告げる。

いづみが一瞬言葉を詰まらせると、左京は舞台裏の方へと去っていった。

フルール賞――演劇をやっている者なら誰しも夢見る最高の栄誉《えいよ》であり、初代ＭＡＮＫＡＩカンパニーの主宰《しゅさい》であるいづみの父、立花幸夫《ゆきお》が届かなかった夢だ。

（お父さんの夢を叶《かな》えたい。この劇団なら、きっとできる。みんなと一緒に、お父さんがたどり着けなかった高みを目指したい――！）

いづみの胸《むね》の奥《おく》に、新たな灯《ひ》がともった。

終章

何回だって

「改めまして、冬組《ふゆぐみ》公演の成功とタイマンＡＣＴの勝利と、それから借金完済を祝して打ち上げを開催《かいさい》したいと思います！」

談話室の真ん中で、いづみがグラスを持ったまま、ぐるりと周りを取り囲む団員たちを見回す。

「多いな」

「祝い事はたくさんあってもいいんじゃないか」

万里《ばんり》が混ぜっ返すと、臣《おみ》がフォローする。

「おめでたダヨ！」

「それ意味違《ちが》う」

喜びの声をあげるシトロンに、至《いたる》がすかさず突っ込んだ。

「それでは、冬組リーダーの紬《つむぎ》さんから乾杯《かんぱい》の挨拶《あいさつ》をお願いします！」

「え!?」

突然《とつぜん》振《ふ》られた紬が、驚《おどろ》きながらも、おずおずと立ち上がる。

「えっと、今回無事に勝利できたのは、みなさんのサポートのおかげだと思う。本当にありがとう。これからもよろしくね」

「こちらこそ！」

「冬組の舞台《ぶたい》はよかった。夏組《なつぐみ》も負けないからな」

「それを言うなら、秋組《あきぐみ》もな」

咲也《さくや》が笑顔《えがお》で答え、天馬《てんま》と万里が対抗心《たいこうしん》を燃やす。GOD座《ゴッドざ》を下した冬組の芝居《しばい》は、他の団員たちにとっても刺激《しげき》になっていた。

紬は笑《え》みを浮《う》かべると、グラスを掲《かか》げた。

「お互《たが》い切磋琢磨《せっさたくま》して、MANKAIカンパニーを今以上に盛り上げていきましょう！　乾杯！」

「乾杯！」

紬に続いて、いづみや団員たちもうれしそうにグラスを持ち上げた。

「かんぱーい！」

「オツオツ」

「おつピコ～！」

「おつかれさま～！」

「おつかれッス！」

乾杯を終えると待ってましたとばかりに、テーブルの上に所狭《せま》しと置かれた料理に手を伸ばす。

「うま……」

「このピザ、おいしい！」

ピザを一口食べた真澄《ますみ》がぽつりとつぶやくと、いづみも驚《おどろ》いたように声をあげる。パリパリの生地《きじ》にトマトソースとモッツァレラチーズがたっぷりのっている。

「特製マルゲリータ。チーズがポイントなんだ」

臣が微笑《ほほえ》むと、三角《みすみ》がうれしそうに皿の上にあったピザにかじりついた。

「さんかく、さんかく～」

「おい、お前、俺のピザ取ってんじゃねぇ」

自分用に皿に確保していたんだと十座《じゆうざ》が主張すると、三角はもぐもぐとピザを頬張《ほおば》りながら首をかしげる。

「早い者勝ち～！」

「くっ……負けるか」

十座が大皿からピザを取ろうとした瞬間《しゆんかん》、ピザが消えた。

「しゅっ！」

いつの間にか三角は二枚目のピザを皿にのせている。

「早い……！」

十座が目を剝《む》いていると、二人の様子を見ていた綴《つづる》が苦笑いを浮かべた。

「あっという間になくなりそうだな」

「第二弾焼いてくる」

臣が立ち上がると、綴もそれに続いた。

「俺も手伝いますわ。こいつらの胃袋《いぶくろ》底なし」

「悪いな」

二人は腕《うで》まくりをすると、団員たちの胃袋を満たすべく、キッチンへ消えていった。

ソファの方では、いづみが冬組メンバーと共に、東《あずま》が差し入れたシャンパンを傾《かたむ》けていた。

「なんだかんだで、冬組公演期間中も色々ありましたね～」

「結局、あの『開かずの間』はなんだったんだろうね」

「……不思議」

しみじみとつぶやくいづみに続いて、東と密《ひそか》が首をかしげる。

「あの後、ドアは見なくなりましたね」

紬の言葉に東がうなずく。

「『開かずの間』が本当だったということは、他の七不思議も本当なのかな」

「さて、どうだろうね……ふふん」

「まあ、あるかもしれないですね」

「だな」

誉《ほまれ》が意味ありげに鼻を鳴らすと、紬と丞《たすく》もあいまいに答えながら目くばせをした。

(なんとなく含《ふく》みがあるけど、なんだろう……?)

いづみはそんな三人の様子を不思議そうに見つめた。

そこに、万里がジュースを片手に近づいてきた。

「紬さん、お疲《つか》れっす」

「お疲れさま」

万里がグラスを向けると、紬もグラスを持ち上げる。

「あんた、リーダーっていう感じでもないし、どうなることかと思ったけど、やるもんっすね」

万里が明《あ》け透《す》けな物言いをするも、紬は気を悪くした様子もなく微笑んだ。

「みんなに色々教えてもらったおかげだよ。まとまるまでは、やっぱりちょっと大変だったけど……」

「結局、どんな方法使ったんすか?」

以前リーダー会議で相談を受けたことを思い出したのか、万里がたずねる。

「……うーん、特に何もしてないかな」

「してないのかよ！」

「はは。メンバーがそれぞれなんとかしてくれたよ」

「全然だめじゃねぇか。ま、俺も人のこと言えねぇけど」

万里が肩《かた》をすくめた横で、左京《さきょう》がテーブルの上にあった日本酒の瓶《びん》に目を留《と》めた。

「……ん？　この日本酒は……」

「飲む？　注《つ》ぐよ」

東が近くに重ねてあった杯《さかずき》を渡して、酒を注ぐ。

「悪いな。松川《まつかわ》の奴《やつ》、こんな高い酒買うとは……後で絞《し》める」

「これ、ボクのお得意さんからの差し入れ。長い付き合いでね、舞台もほめてくれたよ」

「……趣味《しゅみ》の良《い》い客だな」

左京が一口舐《な》めてそう告げる。

「ふふ。でしょう？　他にも色々あるから、後で開けよう」

東はそう言いながら、自らの杯を傾けた。

談話室の片隅には、鉄郎《てつろう》と雄三《ゆうぞう》の姿があった。上機嫌でビールを飲んでいる。

「……」

「ああ、そうだな。櫓《やぐら》とか使っても面白《おもしろ》いかもな。まあ、予算次第《しだい》ってとこだろ」

普通《ふつう》の人には聞こえないくらい微《かす》かな鉄郎の声を掬《すく》い取って、雄三が返事をする。はた目には独《ひと》り言《ごと》を言っているようにしか見えない。

「……」

「ああ、んなこともあったなぁ。懐《なつ》かしいぜ」

雄三が笑みを浮かべた時、不意にバイブの音が鳴った。

「っと、俺だ」

ポケットからスマホを取り出して、耳に当てる。

「──もしもし」

電話口の声を聞いた雄三が、にやりと笑った。

「おう、メール見たか。お前の娘《むすめ》、立派にやり遂《と》げたぞ。まあ、まだまだ道は長いがな……」

雄三はそう言いながら、ソファに座っているいづみの方へと視線を投げた。

臣と綴の料理は出すそばから団員たちの胃袋に消え、お酒も進み、宴《えん》もたけなわといったところで、ふと支配人が思い出したように声をあげた。

「――あ、そうだ。御影くん、千秋楽《せんしゅうらく》でファンレターが届いてましたよ」

「……ファンレター？」

密が首をかしげると、ほんのりと顔の赤い誉が感激したように両手を広げる。

「おお！　ファン一号かい」

「やるね、密」

東にからかわれながら、密は支配人から手紙を受け取り、開封《かいふう》した。

「なんて書いてあったの？」

何の反応も示さない密に紬がたずねると、密が便せんを掲げて見せた。

「『お前を見ているぞ、ディセンバー。Apr.』……変な手紙だな」

丞が怪訝《けげん》そうに読み上げる。

「ディセンバーとは、何やら意味深《いみしん》だね」

「この『Apr.』っていうのは差出人かな？　なんだかストーカーっぽい気もするけど」

誉と東が心配げな表情を浮かべ、いづみも同意する。

「たしかに……」

「また、えらいのに好かれたな」

丞が同情するように密の肩を叩《たた》くが、密は何か考え込むようにじっと便せんを見下ろしていた。

「……エイプリル」

密の口からぽつりと漏《も》れたつぶやきを聞いて、いづみはふと引っ掛かりを感じた。

（エイプリル……？　ディセンバー？　暦《こよみ》のことかな。そういえば最近もどこかで聞いたような……）

ほどよくお酒が入った状態では、それがなんだったのか思い出せなかった。

夜が更《ふ》けても話は尽《つ》きず、団員たちが盛り上がる中、いづみは火照《ほて》った顔を手で扇《あお》ぎながら一つ息をついた。

（ちょっと飲みすぎちゃったかな。少し夜風にでもあたってこよう）

そっと談話室を抜け出すと、中庭へと向かう。

中庭の扉《とびら》を開けると、ベンチに咲也が座っていた。一人でぼうっと夜空を見上げている。

「あれ？　咲也くん、こんなところにいたんだ」

「あ、カントク……」

いづみが近づくと、咲也がはっとしたようにいづみの方を見た。

「どうかした？」

気づかわしげにたずねながら、いづみが咲也の隣《となり》に座る。

咲也は地面を見下ろすと、ぶらぶらと足を揺《ゆ》らした。

「……なんか、打ち上げでみんなが楽しそうにしてるのを見てたら、団員がオレ一人だった時のこと思い出しちゃって……うれしくて、ちょっと泣きそうになっちゃったので、逃《に》げてきました」

笑い交じりにそう言いながらも、泣きそうな表情を隠《かく》すようにうつむく。

「そっか……」

いづみが咲也の気持ちを汲《く》み取《と》って、夜空を見上げる。

「最初は、咲也くんと私と支配人しかいなかったんだよね」

「はい。この団員寮《りよう》も空《あ》き部屋ばっかりで、がらんとしてて……」

「あれから、ずいぶん変わったね……」

これまでの出来事が走馬灯《そうまとう》のように浮かんでは消える。

初めはいづみも父幸夫《ゆきお》の消息をたずねて、観客として劇場を訪《おとず》れただけだった。それがあれよあれよという間に総監督《そうかんとく》を押し付けられ、春夏秋冬《はるなつあき》組の旗揚《はたあ》げ公演成功を目指して駆《か》け抜《ぬ》けることになった。

「なんか、あの時のことを思い出すと、今が夢みたいで――」

声を震《ふる》わせる咲也の背中を、いづみがぽんと軽く叩く。

「でも、まだまだこれからだよ！　目指せフルール賞！」

いづみが発破《はっぱ》をかけると、咲也が顔を上げた。その表情が見る間に明るくなる。

「そうですよね……がんばります！」

「よし」

咲也の目に力が戻《もど》ったのを見て取ったいづみが、満足げにうなずいた。

「あの、ずっと気になってたんですけど……。フルール賞のフルールって花っていう意味ですよね。演劇賞なのにどうして花なんでしょう？」

不思議そうにたずねる咲也の目を、いづみがじっと見つめる。

「わからない？」

「え？」

「きっともう、咲也くんは体験したんじゃないかな」

いづみはそう言うと、前方に視線を投げる。その目はどこか遠くを見つめていた。

「どんなに冴《さ》えない役者でも、みんなそれぞれに蕾《つぼみ》を持ってる。舞台に上がったら、道端《みちばた》の名もない花のような端役《はやく》でも、その役の人生を演じて、凛《りん》として咲《さ》かなきゃいけない。役者たちが満開に咲き誇《ほこ》る瞬間を見られるのが舞台だから、フルール賞なんだと思う」

いづみはそう告げると、口元を綻《ほころ》ばせた。

「私はそんな風に咲いたみんなを舞台袖《そで》から見るのが、本当に幸せだと思ってるよ。これからもずっと、咲き誇るみんなを見ていたい」

いづみの言葉を聞いた咲也が胸元《むなもと》でぎゅっと拳《こぶし》を握《にぎ》り締《し》める。

「カントク、オレたち舞台の上で何回だって咲きたいです。これからも、いっぱい咲かせてくれますか――？」

「――もちろん！」

（何度だって咲かせてみせる。これはまだ、私たちＭＡＮＫＡＩカンパニーの始まりなんだ……！）

いづみは満面の笑みで応えた。

END

あとがき

こんにちは。『A3!』メインシナリオ担当のトムです。

本作は、スマホアプリのイケメン役者育成ゲーム『A3!』のメインシナリオに地の文を加筆した公式ノベライズ本、第四巻です。

春組《はるぐみ》、夏組《なつぐみ》、秋組《あきぐみ》に続いて、この最後の冬組《ふゆぐみ》の物語で第一部が完結となります。

冬組の物語には、劇団七不思議という今までになかったファンタジーっぽい要素が入ってきます。年齢層が高く、お互いのテリトリーに踏《ふ》み込みすぎない、分別のある冬組メンバーは、この出来事に背中を押されて団結していきます。

他の組に比べるともどかしく感じるような歩み寄り方ですが、これが冬組のカラーなのかなと思います。激しくぶつかり合ったりすることはないけれど、個々人が内《うち》に葛藤《かっとう》を抱《かか》えていて、少しずつ手を伸ばしあいながら乗り越えていく、そんな印象です。

何はともあれ、この第一部完結でようやく新生MANKAIカンパニーが完成したという気持ちなので、こうして無事に終わりを迎えられて嬉しいです。

ゲームシナリオを書いていた時間をもう一度辿《たど》るような執筆作業でしたが、とても楽しく幸せでした。シナリオ執筆中はひたすら駆《か》け抜《ぬ》けていった感じだったので、それを一つ一つ確認しながら振り返ることができたというのは、本当に貴重でありがたい体験だったと思います。

アプリではこの先の物語が展開しています。こちらもお楽しみいただければ幸いです。

それでは、また書籍でお会いできる日を楽しみにしつつ……。

二〇一九年六月　トム

番外編

冬は鍋を囲んで

とある週末の夜。二〇六号室の真ん中に、見慣れない家具が鎮座《ちんざ》していた。

東《あずま》の趣味《しゅみ》で和風テイストに揃《そろ》えられたインテリアの中で、やけに庶民的《しょみんてき》なこたつが妙《みょう》な存在感を放っている。天板の上にはカセットコンロと鍋《なべ》が載っており、その周りを冬組《ふゆぐみ》メンバーといづみが囲んでいた。

その組み合わせも妙だったが、それ以上に違和感《いわかん》を与《あた》えるのが、部屋の明かりが落とされているという状況《じょうきょう》だった。カセットコンロの火がかろうじて手元を照らしているが、それ以外は夜の闇《やみ》に沈《しず》み、互《たが》いの顔もろくに見えない。

停電と勘違《かんちが》いされそうだが、こたつの中の熱源は赤々とメンバーたちの足元を温めていた。

「では、さっそく宴《うたげ》を始めようではないか」

興奮を隠《かく》し切れないといった誉《ほまれ》の嬉々《きき》とした声が、暗闇《くらやみ》の中に響《ひび》く。

「ふふ、張り切ってるね」

「皆《みな》で食材を持ち寄ってダークでメローな鍋パとは、心が躍《おど》るのも無理からぬこと！」

東が笑《え》みを漏《も》らすと、誉が、ばっと片手を広げた。隣《となり》にいた密《ひそか》が、見えないながらもぶつかりそうになった手を器用に避《よ》ける。

「闇鍋《やみなべ》だろ。大げさな」

あきれたようにつぶやきながら、丞《たすく》がまだ昆布《こんぶ》しか入っていない鍋の中身をかき混ぜた。

「闇鍋なんてやるの初めてだ」

「私もです」

紬《つむぎ》の言葉にいづみがうなずく。

「もう一度言っとくが、あくまでも入れるものは鍋の具材に限るからな」

どこかわくわくした様子の二人に、丞が釘《くぎ》を刺《さ》す。

「わかってますよ。みんな大人なんだし、そんなおかしなもの入れませんって」

「……当たり前」

「一番心配な二人だろ」

いづみと密に、疑い深げな視線を送る。

「それにしても、どうして闇鍋なの？」

「ポエムなミステリーでファンタジックにラビラントな鍋なんて、興味がわかないはずがないよ」

「よくわからないですけど、すごくやりたいという気持ちは伝わってきますね」

東の問いかけに誉が答えると、紬が首をかしげながら微笑《ほほえ》んだ。

「そろそろ出汁《だし》もとれたみたいだし、さっそく具材を入れていきましょうか」

お湯がふつふつと沸《わ》き始めたのをいづみが確認《かくにん》すると、待ってましたとばかりに誉が脇《わき》に置いてあったザルの中身を鍋の中に放り込んだ。

「この日のために最高級の伊勢海老《いせえび》とムール貝、それにチーズを用意したよ」

「え⁉　海老にムール貝にチーズですか？」

「ま、まあ魚介《ぎょかい》の出汁はとれますかね」

いづみと紬が複雑な表情で、一気に和風から洋風に変わった鍋の中を見つめる。

「というか、入れるものをばらしたら闇鍋じゃないだろ」

丞がそう告げると、東と紬がそれぞれ用意した具材を鍋の中にそっと滑《すべ》り込ませた。

「ふふ、そうだね。じゃあ、ボクはひとまず無難なものにしたとだけ言っておこうかな」

「俺も同じく一般的《いっぱんてき》なものにしました」

「あ、私のこれは最後に入れますね」

いづみが手元を隠すと、丞が半目になる。

「カレー粉はダメだろ」

「え⁉　なんで、それを――」

「匂《にお》いでわかります」

紬が気の毒そうに微笑む。

「鍋の具材じゃないから却下《きやっか》だ」

「でも、締《し》めには――」

「締めにカレーなんて聞いたことがない」

いづみが肩《かた》を落としてカレー粉の瓶《びん》をポケットにしまい込んだ時、丞の視線がさっと密の方へ移った。

「ちょっと待て。御影《みかげ》、今何入れた？」

「……鍋の具材」

「マシュマロは鍋の具材じゃないだろ」

「マシュマロ入れたなんて言ってない」

「密くんが何か入れたの？　何も見えなかったけど」

隣に座《すわ》っていた紬が首をかしげると、丞は密の手元を指差した。

「マシュマロの袋《ふくろ》が空《から》なのが何よりの証拠《しようこ》だ」

いつもなら常に膨《ふく》らんでいるマシュマロの袋が、今はぺたんこに潰《つぶ》れていた。

「鋭《するど》いな」

密が図星を指されたように黙《だま》り込むと、東が笑みを漏らしながら丞の洞察力をほめる。

「まったく、鍋の具材以外は入れるなって言っただろう」

「なるほど、これがかの有名な鍋奉行《なべぶぎょう》だね」

「誰《だれ》がだ。当たり前のことを言ってるだけだ」

感心したように誉がうなずくと、丞が顔を顰《しか》める。

「あはは、似合いますね」

「そうですね」

「同意するな。というか、お前たちだってこんな具ばっかり入ってたら嫌《いや》だろう」

丞が笑っているいづみと紬の方を見る。

「そう？」

「まあ、こういうのもたまには面白《おもしろ》いですよね」

「だったら、一度取り皿にとったものは責任をもって食べろよ」

すかさずルールを設定する辺《あた》り、奉行の名に恥《は》じない働きだと丞以外は思っていたが、丞は気づかない様子で鍋をつついていた。

「丞の皿はムール貝だらけだね」

せっせと鍋の中からムール貝を拾う丞を見て、紬がつぶやく。

「こればっかり出てくるんだ」

「味は保証付きだよ」

「鍋に合わないだろ」

丞は山積みになったムール貝を見下ろして、複雑な表情を浮《う》かべた。

「意外と普通《ふつう》の鍋だけどね」

「取り皿の中の様子が丞さんと紬さんで全然違《ちが》いますね」

いづみが紬の取り皿の中身を覗《のぞ》き込む。丞の皿と違って、キノコ類や玉ねぎ、鶏肉《とりにく》など
ごくごく一般的な具材が並んでいる。

「お前……」

「ちゃんと取ったものを食べてるよ」

疑いの目を向けてくる丞に、紬が涼《すず》しい顔で返す。

「ボクのもお願いしようかな」

「いいですよ」

紬はあっさりうなずくと、迷いのない手つきで東の皿に具を取ってやる。ムール貝は一
つも出てこなかった。

「またマシュマロだよ。まったくマシュマロ鍋かね」

菜箸《さいばし》でマシュマロをつまみ上げながら、誉がため息をつく。

「……アリスはずるい。選んで食べてる」

「キミと一緒《いつしよ》にしないでくれたまえ」

「喜んで鍋のマシュマロ食べるのはお前くらいだ」

うらやましそうな密に、誉と丞がげんなりした様子で告げる。

「マシュマロがいい感じにアクセントになって、意外とおいしいですね」

いづみがチーズとマシュマロを海老に絡《から》めながら、口に運ぶ。

「水炊《みずた》きとはまた違った趣《おもむき》がありますね」

「これなら誉の洋風の食材とも合うね」

紬と東もうなずき合いながら、鍋をつつく。

「そうであろう、そうであろう。これこそ極彩色《ごくさいしき》のマリアージュ、とめどなく溢《あふ》れるアモーレ、受《う》け継《つ》がれるメンソーレ……！」

「意味が分からん」

「鍋がおいしいって言ってるんじゃないかな」

誉の詩を一刀両断する丞に、紬がフォローを入れた。

「そろそろ具が少なくなってきましたね」

「そう言いながら、さりげなくカレー粉を出すな」

いづみがしまい込んだカレー粉に手を伸《の》ばすのを見て、丞が釘を刺す。

「ふふ、デザートも一応用意しておいたよ」

「え！　本当ですか！」

いづみが目を輝《かがや》かせると、東はイチゴが山盛りになったガラス皿を差し出した。

「おいしそうなイチゴですね」

イチゴの皿を天板の上に置くのを手伝いながら、紬が微笑む。

「これ、一粒《ひとつぶ》うん百円とかいうやつですよね」

丞が大粒《おおつぶ》の形のいいイチゴを見つめながら、東にたずねる。

「そうだったかな」

「差し入れで一度もらったことがあります」

東があいまいにごまかすと、丞が断言するように続けた。

「そんなに高いんですか」

「ワタシも好きだよ」

いづみが目を丸くすると、誉がなんてことないようにうなずきながらイチゴを一つつまむ。

「大事に食べます」

神妙《しんみよう》な面持《おもも》ちの紬に続き、いづみも居住まいを正してイチゴに手を伸ばした。

「……これおいしい」

スパークリングの日本酒を見つめながら、密がぽつりとつぶやく。

「ああ、密が好きかなと思って、甘《あま》いお酒も用意しといたんだ」

微笑む東に、丞がもう一本の日本酒の瓶を掲《かか》げながらたずねる。

「こっちは辛口《からくち》ですか」

「ボクのおすすめ」

「うまい」

丞が目を細めると、東はうれしそうに笑みを深めた。

「さすが東さんですね。知らないお酒ばっかりです」

「うむ。ワタシもワインくらいしかわからないな」

いづみと誉が感心したようにお酒のラベルを確認する。

「もらいものばかりだよ。一人で飲んでもつまらないし、こうしてみんなで飲む機会ができてよかった」

孤独《こどく》を嫌《きら》う東の本心からの言葉なのだろう。東はそう言いながら顔をほころばせた。

「改めて考えると不思議ですよね。こうやってこのメンバーでお酒を飲むって」

「ＭＡＮＫＡＩカンパニーに入らなければ、考えられなかったですね」

「本当にそうだね」

いづみがイチゴをつまみに徳利《とっくり》を傾《かたむ》けながらしみじみとつぶやくと、紬と東が同意する。

「今まで出会ったことのないタイプの人たちだからね」

「有栖川《ありすがわ》にだけは言われたくないな」

感慨深《かんがいぶか》げな誉に、丞が突っ込む。

「……アリスが一番変」

「密くんには負けるよ」

「どっちもどっちですかね」

変わり者同士の言い合いを、いづみがやんわりとなだめた。

「まあ、いいじゃないですか。それだけこの縁《えん》が貴重なものだということで」

「そうですね！」

紬のフォローに、いづみが大きくうなずく。

「うむ。この場に会したポエムなミステリーでファンタジックにラビラントな縁に改めて乾杯《かんぱい》だよ」

「それ闇鍋と同じだろう」

「全然違う者同士が集まったっていう意味では合ってるのかな？」

誉の表現に丞があきれたような表情を浮かべ、東が微笑む。

「闇鍋だとちょっと格好つかないですけど、誉さんの表現だといいですね」

「意味がわからないけどな」

紬の言葉に突っ込みつつも、丞もまんざらではない様子で酒を舐《な》める。

「……まだ始まったばかり」

「そうだね。きっとこれから」

密といづみも表情を和《やわ》らげた。

窓の外から柔《やわ》らかな月の光が差し込み、静かに穏《おだ》やかな宴の夜が更《ふ》けていく。

それぞれに年齢《ねんれい》を重ね、まとったものはそう簡単にほどけることはない。それでも少しずつ、慎重《しんちょう》に、互いの手を伸ばし合う。

今はまだ形のない名もなき縁も、時間をかけて丁寧《ていねい》に繭《まゆ》をほぐし、縒《よ》りをかけて糸を紡《つむ》ぐように、やがて強い結び付きへと変化していく。旗揚《はたあ》げ公演を終えた冬組メンバーの誰もがその希望の兆《きざ》しを胸の中に感じていた。

花は痛みすら覚える程凍《ほどこご》える雪の下、温《ぬく》もりを分け合い、じっと力を貯《た》めて春を待つ。だからこそ、蕾《つぼみ》がほころぶその時は何よりも力強く、人々は純粋《じゅんすい》にその一瞬《いっしゅん》を愛《いと》おしみ、賛美する。

いづみは再び咲《さ》き誇《ほこ》る満開の時を、このメンバーと共に待てる喜びをそっと噛《か》み締《し》めていた。

◆ご意見、ご感想をお寄せください。
[ファンレターの宛先]
〒102-8078 東京都千代田区富士見1-8-19
株式会社KADOKAWA　ビーズログ文庫アリス編集部
「A3!」宛

◆エンターブレイン カスタマーサポート
電話：0570-060-555（土日祝日を除く 正午～17:00）
WEB：https://www.kadokawa.co.jp/
（「お問い合わせ」へお進みください）
※製造不良品につきましては上記窓口にて承ります。
※記述・収録内容を超えるご質問にはお答えできない
場合があります。
※サポートは日本国内に限らせていただきます。

A3!
もう一度《いちど》、ここから。

トム

原作・監修／リベル・エンタテインメント

2019年6月15日 初刷発行

発行人　三坂泰二
発行　株式会社KADOKAWA
〒102-8177　東京都千代田区富士見2-13-3
[ナビダイヤル] 0570-060-555
[URL] https://www.kadokawa.co.jp/
デザイン　平谷美佐子（simazima）
印刷所　凸版印刷株式会社

ISBN978-4-04-735411-1　C0193